# 這個勇者明明超強TUEEE卻過度謹慎

作者 土日月
插畫 とよた瑣織

2

Kadokawa Fantastic Novels

彩頁、內文插畫／とよた瑣織

# This Hero is Invincib but "Too Cautious"

# 第二十九章　倒立煙火

帝國騎士團遭到魔王軍特殊部隊襲擊，倉皇逃來向我們求助。我像個女神，二話不說地答應前往助陣。

不過，我心裡只想要休息，馬修和艾魯魯這兩個龍族後裔也一臉疲憊。這也難怪，畢竟我們剛剛才和龍王母打完一仗。

我偷偷觀察我召喚的謹慎勇者——龍宮院聖哉的樣子。

嗯，我猜得沒錯，聖哉也露出疲態……不、不對，好像也沒那麼疲憊……仔細一看，好像有點疲憊……奇怪，果然好像不怎麼疲憊……到、到底是怎麼回事……這個人真難懂……

勇者的表情一如往常，看不出喜怒哀樂。

「那麼，我們帶各位前往奧爾加要塞！」

士兵們精神振奮，準備跑向停在附近的馬匹。

「沒那個必要。」

聖哉制止他們後，看向我。

「現在情況緊急，把門叫出來，我們抄捷徑去那個要塞。」

「不、不行啦！說到底，我又不知道奧爾加要塞的位置！再說，沒有伊希絲妲大人的許可，我無法把門開在沒去過的地方啦！」

聖哉看我的臉就像日本能劇的面具。

怎、怎樣！反正你一定又在想「真沒用」了吧！都寫在你臉上了！

但聖哉接下來喃喃自語的內容，遠遠超乎我的想像。

「不亮的燈泡……喝完的保特瓶……桌子下的灰塵……莉絲妲，這是我對妳的感覺。」

「？都是垃圾啊！」

不管怎樣，聖哉打消了這個念頭，改問士兵：

「你們說要塞在北北東方，距離大概多遠？」

「快馬加鞭的話，大約一小時就會到！」

「這距離不算太遠，我用飛的過去。」

聖哉一說完，身體飄浮起來。士兵們目睹「飛翔」技能，發出歡呼。

「天啊！勇者大人竟然能在空中飛！」

「明明是人類，竟能飄浮在空中！真不愧是勇者大人！」

「這樣就能打倒貝爾．卜普了！」

「……貝爾．卜普？那是什麼？」

馬修一問，士兵們都表情凝重地咬牙切齒。

「那是有蒼蠅外表的魔物！貝爾・卜普率領一大群巨蠅，三不五時就攻擊奧爾加要塞！造成了許多傷亡！」

「……看來要在空中作戰了。」

聖哉飄浮在半空中，用手指抵住下巴，擺出思考的動作。

「總之先去偵查敵情吧。馬修，你跟我來，還有莉絲妲，艾魯魯由妳來帶。」

「我知道了。」

我用「神界特別處置法」向伊希絲妲大人請求許可。白色羽翼顯現後，我握住艾魯魯的手，而聖哉也握住馬修的手。

「師父！可以嗎？」

「沒辦法，別鬆手喔。」

「唔哇！能跟師父一起在空中飛行！感覺好興奮喔！」

聖哉帶著開心得像小孩一樣的馬修，我則帶著艾魯魯，比士兵早一步前往奧爾加要塞。

……聖哉和馬修飛行的速度很快，我在後面追著他們飛行十幾分鐘後，我身旁的艾魯魯高聲喊道：

「噯，莉絲絲！那是什麼？」

經她這麼一說，前方上空有黑色的塊狀物。

「是雨雲嗎？」

遠看以為是雨雲，但隨著距離接近，逐漸看清全貌。那是由許多黑色物體聚集而成的。

「那、那不是雨雲……！那是……敵人……！是一大群蒼蠅……！」

數百隻跟人一樣大的黑色蒼蠅，振動著透明翅膀停在空中。大群蒼蠅交織出的振翅聲令人不快，連距離遙遠的我們也聽得到。

「噫噫噫噫噫……！好噁心喔……！」

艾魯魯抓住我手臂的手不停輕顫。

前方的聖哉回頭看我們。

「莉絲妲，我們在這邊降落。」

「唔、嗯！」

聖哉迅速下降到腳下的森林，我也跟他一起降落。

到達森林後，聖哉躲到樹木後方，窺伺遠方上空的情況。他看著那群蒼蠅的眼神變得更銳利，似乎是發動了「能力透視」。

「……每一隻等級都超過三十，大概有三四百隻。換個角度來想，這或許比萬人不死大軍還麻煩。」

聖哉分析得很有道理。跟動作遲鈍的不死者大軍相比，能在空中以高速自由飛行的數百隻高等級敵人可能更棘手。

「總之，我們先在這裡觀察情況吧。」

「說的也是。」

不過，我跟聖哉一臉嚴肅地看向天空時……

「噁……嘔……嘔嘔嘔……！」

一旁的馬修用手撐在樹上，將胃裡的食物吐向樹根，艾魯魯則用手撫摸他的背。

「你、你還好嗎，馬修？」

「嗚嗚……！好、好想吐……！嘔……！」

看來是聖哉的飛行造成的。我以前跟聖哉一起飛時，情況也是慘不忍睹，所以我非常了解馬修的心情。

不過造成這件事的元凶本人……

「嗯，蒼蠅這種東西真的好噁心。」

卻誤解了馬修的意思。

『才不是蒼蠅害的，都要怪你啦……！』

雖然大家心裡應該都這麼想，不過看到勇者認真瞪視敵人的樣子，沒有人把這句話說出口。

這時，空中突然傳來震耳欲聾的巨響！

「跪下吧，人類！對我們魔王軍奇襲飛行部隊（Fly Assault-Fly）的壓倒性戰力！」

我抬頭看向天空，望向宏亮到可傳千里的聲音源頭。那個的外表跟其他蒼蠅截然不同。

我以優於人類的視力，看到一個飄浮的蒼蠅怪人。他的臉是蒼蠅，卻以雙腳站立，有對拳頭大的紅色複眼及剪刀般的尖銳雙手。顯然是這個長相奇特的怪物在率領這支部隊。

我也跟聖哉一樣，發動能力透視觀測敵方能力。

**貝爾・卜普**
Lv：76
HP：18963　MP：8751
攻擊力：7877　防禦力：5969　速度：487562　魔力：883
耐受性：火、水、冰、雷、毒、麻痺、睡眠、異常狀態
特殊技能：攻擊迴避（Lv：MAX）　飛行（Lv：MAX）
特技：吐強酸（Acid Spit）
　　　旋轉傾斜迴避（Rolling Dodge）
性格：冷酷

看來似乎不是四天王，能力值也沒什麼大不了……當我想到這裡時，又看了貝爾・卜普

的速度一次。的確沒看錯。

「這、這速度是怎麼搞的？是不是多了一位啊！」

「這傢伙是怎麼回事……」

聖哉也難得倒抽一口氣。

「到底要怎麼用那種臉說話？它的發聲器官長怎樣？」

「呃，那種事現在不重要啦！該看的是速度，快看！」

「噯噯！莉絲絲、聖哉！你們看那邊！羅茲加爾多的人好像要攻擊牠們！」

艾魯魯瞇起眼睛，指的不是天空，而是地面。在遠方的平原上，有弓兵隊打算攻擊上空的敵人。

貝爾．卜普似乎也察覺到了，不過大群蒼蠅沒有逃跑，反而降低高度。

「來啊來啊！我們都降到箭能射到的高度了，你們要瞄準一點啊。」

貝爾．卜普口出狂言後，弓箭如驟雨射向他率領的蒼蠅軍團。這場齊射非常壯觀，但敵人的隊伍絲毫不亂。即使從遠方看，也看得出弓兵隊的攻擊並沒有削弱敵人的戰力。

聖哉低喃說：

「貝爾．卜普以外的巨蠅也具有相當程度的迴避能力。明明射出那麼多箭，卻完全射不中。」

齊射結束後，蠅群趁空檔急速下降，襲擊士兵。有十幾個士兵來不及逃，被蒼蠅當成獵物用六隻腳抱住，再度往上攀升。
上升大約五十公尺後，那些抓了士兵的蒼蠅暫時停下。貝爾・卜普大喊道：
「好，今天放倒立煙火(Reverse firework)的時間到了。」
——倒、倒立……？難不成……！
我不祥的預感成真。在貝爾・卜普的指示下，巨蠅們同時放開抓來的士兵。士兵們隨著重力牽引，以驚人的速度摔上地面。
艾魯魯別過頭，馬修則咬緊牙關。貝爾・卜普用愉快的語氣說：
「嗯～！從空中往下看真是壯觀，真是壯觀……雖然你們都看不到！看不到腦漿和內臟在地上炸開的血煙火有多漂亮！」
在殘忍的表演後，貝爾・卜普更大聲喊道：
「出現在這個大陸的勇者還沒來嗎！趕快把勇者帶來！只要他沒來，屠殺就不會停止！」
聖哉在我身邊面不改色地低語：
「我還在想憑它的戰力，明明能一口氣攻下要塞，為什麼還按兵不動……原來如此，是這個原因啊。」
「全都是為了把我們引來吧……」
「師父！我已經忍無可忍了！我們快幹掉他吧！」

馬修架起劍，迫不及待想衝過去。聖哉按住他的肩膀。

「別急，馬修。不要小看蒼蠅，蒼蠅能以超過人類眨眼的速度移動，更何況這些蒼蠅是這世界的魔物，可以想見移動速度一定超乎想像的快。證據就是我剛剛使出鳳凰自動追擊(Automatic Phoenix)，讓三隻鳳凰接近偵查，卻幾乎同時被幹掉了。」

「連、連那麼強的火鳥也？」

「是啊，而且他明知我殺了兩個四天王，卻故意挑釁說『帶勇者來』，就代表他對空戰有絕對的自信。如果你明白了，就別輕易接近，現在先觀察敵人。」

不過，貝爾．卜普大概是看了人類煙火而感到滿足，他發出「嘰嘰嘰嘰嘰嘰！」如噪音般的笑聲，率領蒼蠅大軍消失在北方的天空……

等敵人離去後，我們走出森林，朝著聳立於前方的巨大堡壘緩緩前進。奧爾加要塞用紅磚疊砌而成，雖然外觀固若金湯，敵襲造成的損傷仍隨處可見。

而在堡壘周圍的平原上，盡是令人不忍卒睹的慘況。

「艾魯魯，到我後面吧。」

「嗯……」

我顧慮到艾魯魯的心情。畢竟腳下的屍體死狀淒慘，不適合讓女孩看到。那些被當成倒立煙火，從數十公尺的上空摔到地面的士兵，身體上無不血花片片，支離破碎到令人不敢相信那曾是人類。另外，映入眼簾的還有疑似遭蒼蠅噴出的酸液溶解的屍體。

在這幅地獄景象中——有一名士兵跪在血窪旁祈禱。

士兵似乎察覺到我們走近，朝我們瞥了一眼。這名身穿鑲金盔甲的士兵看到我背後的白色羽翼，睜大雙眼。

「你們……終於來了嗎……！」

士兵取下頭盔，出現一頭蒼藍長髮，在那下方是秀麗中帶著好勝的女子臉龐。

# 第三十章　奧爾加要塞

「各位！拯救世界的勇者與女神，終於出現了！」

藍髮女戰士高舉起劍，朝著因戰鬥而疲憊不堪的士兵們高喊。

「好了，快站起來！我們要進攻敵人的巢穴了！」

不過，只有她熱血激昂。有個留白鬍鬚的年邁士兵向她進言。

「羅札利大人！請您冷靜一點！我們必須先回要塞重整態勢才行！」

「你在胡說什麼！時機已經成熟！現在正是我們為戰死的同袍報仇的時候！」

「請您看看！殘存的士兵們也都疲憊不堪了！實在無法戰鬥！」

羅札利聞言，環顧四周的傷兵。大概是認清了現實，女戰士沉吟一聲後陷入沉默。

「羅札利大人，在下卡爾洛非常明白您折損大量兵力，心生焦慮……不過，勇者大人才剛抵達，馬上帶人到處奔波也很失禮……」

羅札利看向我和聖哉。她的眼神很銳利，跟聖哉不太一樣。不久後，她似乎恢復冷靜，輕輕點頭。

「卡爾洛，你說的的確沒錯，我們回要塞，跟勇者大人一起召開討伐蠅群的作戰會議吧。」

年邁士兵露出放心的表情，但羅札利又馬上用斬釘截鐵的語氣說：

「不過作戰會議後得攻入敵陣！在今天之內！聽到了嗎！」

羅札利用力轉身，獨自朝要塞大步走去。

老兵卡爾洛的表情像在說「真是的」，而我問他：

「請問那一位……羅札利小姐……究竟是什麼身分？」

「那一位是奧爾加要塞的守備隊長。」

艾魯魯一聽，表情立刻發亮。

「是守備隊長嗎！女生能當隊長好厲害喔～！她藍色的頭髮很漂亮，個子也很高，還是個美女呢！」

艾魯魯說的沒錯。羅札利英姿煥發，充滿魅力。

「她的確很漂亮。不只是外貌，該怎麼說呢……還有一股不可思議的氣質……」

我們跟卡爾洛邊走邊聊，其他士兵也在我們後面邊談天邊緩慢前進，這時——

「你們在做什麼！別浪費時間了！動作加快！」

羅札利在前方喝斥一聲，眾人停止閒聊，加快腳步趕向要塞……

當我們穿過在外牆上的門，進入要塞內部時，馬修發出讚嘆。

「好大的要塞……！」

奧爾加要塞簡直就像一座大城，有瞭望塔、以備長期作戰之需的水井，還有貯存食物的糧倉。

卡爾羅微微一笑。

「奧爾加要塞原本是帝國國境的重要據點。除了有牢固的外牆，牆頂也配置了弓兵隊，還備有可供數百名士兵駐紮的宿舍。」

老士兵的語氣充滿自信，聖哉卻哼了一聲。

「不過從剛才的情況來看，敵人很輕易就攻破這裡了。」

「是、是的，的確正如您所說。目前我們對貝爾・卜普率領的空中部隊束手無策。」

「卡爾羅先生，這樣的話，萬一蠅群突破國境，帝國本身不就危險了嗎？」

「不，它們的目的是把勇者大人引來，因此不會越過要塞繼續前進。就算萬一真的越過了，前方還有我們羅茲加爾多帝國的帝選魔法師弗拉希卡大人。雷魔法對空中的敵人很有效果。」

「喔，原來如此，所以說帝國有強大的魔法師駐守嗎？那怎麼不把那位魔法師叫來這裡呢？」

「在帝都，只有弗拉希卡大人能施展上級雷魔法。如果那位大人來要塞，帝都的對空防禦就會減弱，因此那位大人無法離開帝都。」

聖哉一邊跟著負責帶路到會議室的卡爾洛，一邊問道：

「就算有多優秀的魔法師，魔王軍只要認真起來，馬上就能攻下你們的帝國吧。」

——嗚、嗚哇……他竟然輕易說出這麼難以啟齒的話……

不過這樣說也沒錯，回想起跟聖哉打過的四天王有多強，我也會忍不住這麼想。

但卡爾洛面不改色地回答：

「帝國不會淪陷。」

「為什麼？」

「因為羅茲加爾多有『戰帝』在。」

「戰帝？」

馬修忽然出聲。

「那個人我聽過！戰帝是羅茲加爾多的皇帝，也是蓋亞布蘭德最強的戰士！聽說他的劍可以劈天裂地呢！」

「這說法還真可疑。要是真的，那由他代替我拯救這世界不就好了？既然他辦不到，那大概只是傳言吧。不，可能是他自己散布謠言，讓民眾產生錯覺，以為國家會永遠安泰。」

面對聖哉的分析，卡爾洛輕輕搖頭。

「不，除了勇者大人外，戰帝陛下的確是這個世界最強的人。只要有陛下在，羅茲加爾多帝國就絕對屹立不搖。」

好、好有自信……！看來那個叫戰帝的很強……！

「不過，戰帝陛下跟弗拉希卡大人一樣，有無法離開帝都的理由。」

我正想問那個理由是什麼時，卡爾羅剛好走進要塞中央的建築物。

「我們到了。這裡是用來擬定戰術的會議室，羅札利大人應該已經在裡面了。」

老士兵一開門，立刻傳出一男一女爭執的聲音。

「羅札利大人！在下不是再三勸諫您別到前線嗎！您可是帝國未來的繼承人啊！」

「正因為我是繼承人，才要站在最前線！真正的戰士無所畏懼！我要像父王一樣站在士兵前方戰鬥，鼓舞大家的士氣！」

「既然這樣，至少請您帶您的左右手巴特我一起去吧！您要是有個萬一，我要怎麼向戰帝陛下交代！」

渾身肌肉，外表勇猛的戰士巴特跟羅札利起了口角。聽了他們的對話後，我明白羅札利那股特殊的氣質其來有自。

原來羅札利是羅茲加爾多的皇帝——戰帝的女兒，而且預定在戰帝辭世後，作為女皇君臨羅茲加爾多帝國，是天之驕子——難怪她散發出一股氣勢。話說她似乎很崇拜她強大的父親，感覺是個野蠻公主。

卡爾羅在門邊咳了一聲後，以羅札利為首圍坐在圓桌旁的十幾個人同時看向我們。

「各位大人，勇者大人一行人已經抵達。」

卡爾羅向我們深深一鞠躬。

「那在下就送到這裡了。」

「卡爾羅先生，謝謝你！」

艾魯魯和我向他道謝後，卡爾羅帶著微笑把門關上。

我們再次面向前方時……

「喔喔……！這就是拯救世界的勇者一行人嗎……！」

「這就是勇者……！多麼神聖莊嚴啊……！」

房內的人都露出感動無比的表情，盯著我們看。

聖哉的氣勢也不輸羅札利。這個身材修長、容貌俊秀的勇者，散發出任誰都一目了然的強大氣場。

被帶到圓桌旁的空位後，聖哉、我、馬修和艾魯魯在椅子上並肩坐下。

我環顧圍坐在圓桌旁的人們一圈。畢竟是作戰會議，與會者似乎都來頭不小。有剛才跟羅札利起口角的肌肉壯漢巴特，長袍上有帝國國徽的魔法師，甚至有拄著拐杖的長者。既然帝位繼承人羅札利在此，其他帝國的高層人士也可能聚集在奧爾加要塞。

羅札利用手肘頂了頂那個穿著長袍，貌似魔法師的纖瘦女子後，女子高聲說：

「既然勇者大人已經入座，那就事不宜遲，討伐蠅群的作戰會議現在開始！」

不過在同一時間，勇者用宏亮的聲音宣布：

「等一下，在那之前，我想先確保生命安全。」

「……什麼？」

「這裡很危險。」

眾人一片嘩然……！

我能感覺到包括羅札利在內的帝國權要都繃緊神經。有個蓄著鬍鬚，貌似賢者的老人開口問道：

「勇者大人……請問您這句話究竟是什麼意思？」

「這之中可能有魔王的部下偽裝混入這裡。」

「真、真的嗎！」

勇者一句話讓圓桌陷入騷動。然而……

「嗯……我是說有這個可能。」

「什、什麼……只是有可能嗎……」

聽到聖哉這麼說，每個人都同時鬆了口氣。我戳了戳聖哉的手臂。

「喂，聖哉，這裡沒有怪物的氣息，沒問題的。」

「嗯，是嗎？沒有魔王軍的人嗎？不過……」

聖哉依然臉色凝重地說：

「這房間說不定被裝了爆裂物。」

「真、真的嗎！」

那些權要才放心沒多久，又立刻一陣嘩然。然而……

「嗯……我是說也有這個可能。」

聖哉低喃說完，眾人鬆了一口氣。但他接著用銳利的眼神仰望房間的角落。

「剛才那兩個只是我的臆測，真正有問題的……是這上面。有人正在偷聽作戰會議的內容。」

「真、真的嗎！」

聽到第三次是來真的，羅札利臉色大變。

「來人！快去調查天花板！」

在羅札利的指示下，幾十名士兵上去調查。

……過了十分鐘後。

「報告！經過二十三名士兵的地毯式搜索，確定會議室上方空無一物，連顆灰塵都看不到！」

士兵離開後，以羅札利為首的權要們都吞了一口口水，靜待聖哉開口。

「嗯……我是說也有這個可能。」

話一說出口，羅札利「砰！」的一聲狠狠拍上圓桌。
「不，已經夠了！一直說可能、可能，如果在意那麼多，晚上都睡不好了！」
羅札利漲紅著臉，代替我吐槽聖哉。
……嗯，她現在這樣比較像女孩子。這孩子平常都刻意壓低嗓音，塑造形象，其實外表看上去還不知道有沒有滿二十歲呢。
羅札利可能感覺到我用帶著一絲莞爾的眼光看她，恢復原本的說話方式，像要補救形象般喊道：
「果、果然不需要開這種作戰會議！只要由勇者閣下跟我打前鋒，攻進敵人的巢穴就夠了！」
「不，羅札利大人！這太亂來了——」
面對羅札利魯莽的決定，權要們出言勸諫，聖哉也點點頭。
「我贊成。」
羅札利看似對聖哉刮目相看，對他投以熱切的眼神。
「勇者閣下也跟我看法一致嗎！很好！那我們馬上進攻吧！」
「別會錯意了。我贊成的是『不必開會』的部分，因為我已經決定好該怎麼做了。」
「那、那您究竟要怎麼做？」
會議室內鴉雀無聲，每個人都屏氣凝神，靜待勇者回答。

不久後，聖哉直白地說：

「我要回去。」

「「「啥？」」」

「我要暫時回統一神界修練，學習能對抗那個敵人的特技。就這樣。」

雖然對我、馬修和艾魯魯來說，早已對聖哉的此舉司空見慣……

「「「啥啊啊啊啊啊啊啊啊啊啊啊啊啊！」」」

不過羅札利和那些權要臉色大變，大叫起來。

# 第三十一章　呼巴掌

身材壯碩的戰士巴特對聖哉苦笑。

「請、請您別開玩笑了！」

「我沒開玩笑，我說要回去，就是要回去。」

穿著長袍的女魔法師喊道：

「豈有此理！難道您打算拋下我們不管嗎？」

「我就是要回去，絕對要回去。」

聽到聖哉堅持不改口，權要們露出既錯愕又悲傷的表情。

——糟、糟了！他們聽到要修練，一定以為會花上很多天！

我大聲澄清誤會。

「各位，請冷靜！雖說是修練，也只會花一點時間而已！」

「嗯，大概要三天吧。」

聖哉此話一出，權要們無不慘叫起來。

「竟然要回去三天嗎？」

「三天不是『一點時間』吧？」

「等到三天後，要塞就已經殘破不堪了！」

這些權要太過震驚，忍不住連珠炮般地猛烈吐槽。後來他們可能發覺講這些話有失威嚴，面紅耳赤地咳了幾聲。

我對他們解釋：

「這、這是因為……神界的三天在人界連一小時都不到……」

「一小時……？真、真的嗎……？」

「是、是嗎？如果只有一小時……」

當眾人就快接受時，一直保持沉默的羅札利開口：

「話說回來，真的有必要修練嗎？我剛才在女神背後看到白色的羽翼！代表女神會飛！既然這樣，不就有方法能對付巨蠅了嗎！」

咦！我、我嗎？等一下，這孩子在說什麼啊？

她突然指名我，把我嚇了一跳。不過，聖哉立刻反駁。

「不行。女神是負責輔助的，不能戰鬥。」

聖、聖哉！謝謝你幫我說話！

「更何況，這傢伙很廢，完全派不上用場。她只會飄浮而已，跟氣球差不多——不，甚至比氣球還不如。」

「！你怎麼這麼說！不覺得太過分了嗎！」

被他說是「比氣球還不如」讓我很生氣，但聖哉理所當然地忽視我。

「順帶一提，我也會飛行。」

「喔喔！既然這樣！」圓桌的眾人提高嗓門。

「不過，靠這樣是贏不了的。對空中的敵人發動空戰可謂愚蠢至極，只會正中敵人的下懷。」

「勇者閣下，你會不會太膽小了一點？再說，不先做做看怎麼能這樣斷言？」

「剛才我有仔細觀察過，牠們的速度超乎常識。」

聖哉不經意的一句話，讓羅札利挑起眉。

「喂……等一下，你剛才說什麼？觀察？難道你在遠方看著貝爾．卜普虐殺我的士兵，卻毫無作為嗎？」

羅札利用猙獰的表情瞪著聖哉。我感覺氣氛不對勁，介入聖哉和羅札利之間。

「不，不是的！當時就算我們要救，也已經太遲了……！」

羅札利「啪！」的一聲拍打圓桌，我「噫！」地叫了一聲。

「這不是遲不遲，救不救得了的問題！我要問的是，勇者看到那個景象，是不是袖手旁觀！」

羅札利咄咄逼人，聖哉卻依舊冷靜。

「妳這麼說就怪了。既然不管怎麼做都救不了人，那做什麼都沒用吧？」

「有人死了！被魔物虐殺了！你身為勇者，看到那種景象難道沒感覺嗎！」

「就算有感覺又怎樣？在這種時候更需要冷靜思考，謹慎行動，不受周遭的情況左右，時常保持冷靜，才能在當下採取真正需要的行動。」

簡直是火與冰。這兩個人性格完全相反，可能一輩子都無法產生共識。

最後羅札利對聖哉投以輕蔑的眼神。

「這個男人不行！只是徒有勇者之名的愚蠢之徒！」

「羅、羅札利大人！再怎麼樣也不該對勇者大人說這種話！」

「不！勇者一如字面，是勇猛之人！那麼這傢伙不是勇者！只是個膽小鬼！」

羅札利暴跳如雷，而我對她也有點惱火。

聽、聽到聖哉被說成這樣，真讓人火大！別看聖哉這樣，他也是經過多方考慮才會採取行動啊！

我以前也和羅札利想的一樣，感到很生氣。但是，現在我知道聖哉的謹慎和膽小是不同性質。

「我說，羅札利小姐！或許聖哉的確是個不夠積極的勇者！不過我們之前也是多虧他周全的準備，才能屢次度過危機！」

我環顧會議室內的所有人一圈後說：

「我以女神的身分斷言！當這位勇者完成修練，做好萬全準備時——就是貝爾．卜普率領的魔王軍奇襲飛行部隊潰敗的時候！」

房內鴉雀無聲。我接著對羅札利說：

「所以……可以嗎？可以請妳在修練結束前，等我們一小時嗎，羅札利小姐……？」

我還以為她會回答「沒辦法，好吧」，不過我太天真了。

「……我無法相信妳。」

羅札利遠比我想的還頑固。

「到今天為止，我已經有上百個部下慘遭貝爾．卜普無情的虐殺。妳能明白這種心情嗎？」

「我、我明白！我知道那一定很痛苦、很難過——」

「不，妳是超越人類的存在，不可能真的了解人命有多寶貴。根據傳說，女神會存活過漫長的時光，沒錯吧？」

「是、是這樣沒錯，可是……！」

「那麼無限的妳別來談論有限的我們。」

唔……！

我氣得咬牙切齒，聖哉則喃喃說道：

「……妳才沒資格談人命。」

「你說什麼？」

羅札利發出低沉的聲音，瞪著聖哉。而聖哉也毫不退讓，以老鷹般銳利的眼神回瞪。

「妳的士兵不是被敵人所殺，而是妳殺的。」

「你是什麼意思？」

「就因為妳有勇無謀，才會堆起這座屍山。」

「你這傢伙……！給我收回那句話！」

羅札利走到聖哉面前。

「羅、羅札利大人？」

那些權要和我都開始緊張。

「收回你的話！不然我就……！」

我們還來不及制止，直腸子的羅札利高舉起右手。

嗚、嗚哇！聖哉要被女孩子打了！

我以為羅札利的手會打上聖哉臉頰的瞬間，聖哉用快到看不到的速度抓住她的手。

不過……之後的發展更讓我驚訝。

擋下羅札利的攻擊後，聖哉從座位上緩緩起身，左手朝羅札利的臉頰揮去。

啪！

會議室響起清脆的聲響。

「喔呼！」

不像羅札利會發出的怪聲，從她的小嘴洩漏出來。聖哉則已經舉起右手，看似要防禦對方的反擊。

「好了，到此為止————————！」

我擋在兩人之間，代替聖哉辯解。

「不、不是這樣的，羅札利小姐！聖哉是眼看快被打了，忍不住打回去！就像是戰士的反射動作！沒有惡意！」

接著我立刻轉身，斥責聖哉。

「不管怎樣，都不能對女孩子使用暴力！」

「是她自己打過來的，我是正當防衛。」

我努力打圓場，但羅札利已經怒髮衝冠。

「你、你！竟敢打我！」

她把擋在中間的我推開，再次朝聖哉舉起右手。

但在我面前上演的，是剛才的重播。

啪！

「好痛！」

羅札利發出悲痛的尖叫。而在這之後……

「可惡！」

啪！

「不要！」

她一下發出可愛的聲音……

「絕、絕不饒你！」

啪！

「啊哈！」

一下發出類似喘氣的聲音。

……雖然我剛才用「這是反射動作，沒有惡意」為由替聖哉辯護，但如今回想起來，那根本不是反射動作，而且充滿惡意。聖哉是故意呼羅札利巴掌的。

羅札利想打聖哉的右頰時，聖哉就先一步打她右頰；羅札利要打他左頰時，聖哉就先一步打她左頰。

結果只有羅札利單方面不斷挨巴掌，臉頰像蘋果一樣又紅又腫。

會議室內鴉雀無聲，我則吞了一口口水。

——喂，打女生打太凶了！這傢伙……怎麼到現在還有這種男人啊！是昭和初期嗎？難道這傢伙是從昭和初期來的嗎？

這個完全不懂憐香惜玉的勇者讓我膽顫心驚時，羅札利一把鼻涕一把眼淚地拔出劍。

「……我、我要砍了你！我要狠狠地痛宰你……！」

「羅、羅、羅札利大人！請您冷靜一點！」

「你這種人……嗚……才不是……啊嗚……勇者呢！」

「聖、聖、聖哉！快跟人家道歉！你看，她都哭了！」

「我才……嗚嗚……沒有哭呢！嗚……！」

「聖哉！快道歉！」

「我不要。我又沒錯。」

「就算沒錯也要道歉！沒看到人家都哭成那樣了！」

「我都說……我沒……嗚……哭了……！我根本……嗚嗚……沒有哭！」

「我絕不道歉，我根本沒錯。」

「！喂，你們是小孩嗎！不管哪個都可以，快給我道歉啦！」

不過雙方都不肯道歉。不久後，羅札利邊哭邊說：

「我已經……受夠了！我不需要……嗚嗚……勇者！我要自己去……嗚嗚……敵人的巢穴……！」

聖哉瞪著哭哭啼啼的羅札利。不……那不是在瞪，看來是發動能力透視。

我也查看羅札利的能力，當作參考。

**羅札利・羅茲加爾多**

Lv：23

HP：6780　MP：0

攻擊力：4120　防禦力：3655　速度：3987　魔力：0　成長度：48

耐受性：火、水、闇、毒、麻痺

特殊技能：光之庇護（Lv：3）

特技：五月雨劍（Knocking Sword）

性格：直率

這能力就人類來說，算是相當高……但要討伐蠅群……有點微妙。

聖哉喃喃自語。

「聽到是什麼戰帝的女兒，還以為會有點看頭……真是的，這能力值真普通，肯定會白白送死。」

就在這一瞬間……

「嗚咕──────！」

羅札利低吼一聲，臉部漲得通紅，狂甩蒼藍長髮，斗大的眼淚撲簌直落，雙手握緊拳頭，身體開始不停顫抖。

……呃，這是哪門子生氣法？

艾魯魯在我身旁喊道：

「糟、糟糕了！羅札利小姐像狗一樣不停低吼！」

「艾魯魯，不要管她，太靠近的話會被咬喔。」

「嗚咕咕咕——————！」

羅札利聽到自己被取笑，又發出低吼。馬修坐立難安地戳戳聖哉的手臂。

「師、師父……！我看還是道歉比較好吧……？」

「我死也不道歉。別管她了，我們回去。莉絲妲，把門叫出來。」

「啊……唔、嗯……」

眼看局面無法收拾，我照他所說的叫出門來。

即使這樣，羅札利依舊在我背後……

「嗚咕——————！嗚咕——————！嗚咕咕咕——————！」

吼、吼得好大聲……！真的很像狗……！

我在羅札利的面前舉起雙手，說著「乖、乖」安撫她。

「總、總之，我們一小時後就回來了！各位耐心等待喔！好啦，羅札利小姐，妳也是！

回去，回去！」

我們留下隨時要撲過來的羅札利，回到了統一神界……

第三十二章　住在森林的女神

「我說，你可不可以別那樣啊？一點勇者的樣子都沒有……應該說連做人都有問題。不過，也許對方的確有錯在先啦……」

一回到統一神界，我就對聖哉說教。雖然聖哉看似沒把我的話放在心上……

「剛才的聖哉好可怕……」

「是啊……打了好多下巴掌喔……」

不過聽到艾魯魯和馬修也略有微詞，他盯著自己的手，面色沉重地咬緊牙關。

「等我回過神就打下去了。那個女人讓我看了就莫名心煩。」

「……聖哉？」

我有點驚訝。聖哉即使毒舌，態度蠻橫，卻很少在別人面前表現出喜怒哀樂。

「她的想法令我火大。明明沒勝算卻腦袋空空，只顧著往前衝，完全不去想這可能帶來什麼樣的犧牲。」

沒錯，羅札利瞻前不顧後的個性跟謹慎的聖哉完全相反，所以聖哉才會生氣吧。

「總之，我們先休息一下吧。」

在這種氣氛下立刻進行修練感覺怪怪的，我以自己的方式體貼聖哉。

「不，沒這個必要，我想趕快開始修練。」

但不久前還面色凝重的聖哉現在已經恢復撲克臉，好像什麼事都沒發生過一樣。

你心情也轉變得太快了！

「不過聖哉果然很溫柔呢～！」

看到艾魯魯笑瞇瞇地微笑，聖哉一頭霧水地問：

「哪裡溫柔了？」

「因為你到頭來還是為了幫助羅札利小姐而要開始修練，很溫柔啊！」

「我並不是為了那個女人。但我被召喚來這裡，似乎是要拯救你們的世界。」

嗯～即使他有很多地方很糟，但在這種時候很盡責。該說是他責任感很強嗎？還是因為他能不帶私情地完成目的呢？

聖哉梳起光亮的黑髮。

「既然這次打的是蒼蠅，我已經想好下個神要找誰了。」

「喔，是嗎？如果是我認識的神，我可以馬上幫你介紹！說來聽聽！」

「那就叫地對空飛彈（Patriot）之神來吧。」

「地對空……不，才沒有這種神呢！」

「不然手槍之神也行。」

「手槍之神……或許有啦……但說到底，蓋亞布蘭德的世界觀不是這樣……」

「要打倒敵人，世界觀算什麼。」

「我就說不可能了！不管你在這裡把槍法練得多強，蓋亞布蘭德就是沒有手槍的世界！就算你在統一神界拿到槍，也不能帶去蓋亞布蘭德！」

「嘖！」聖哉咂了一下舌。不，沒辦法嘛！這就是神界的規定啊！

「嗳，師父，那雷魔法如何？要塞的大叔不是說這對在空中的敵人很有效嗎？要不要去找擅長雷魔法的神修練……」

「我看到貝爾．卜普的能力值時，發現他對雷有耐受性。對他周圍的蠅群或許有效，不過雷魔法不適合對付這次的目標。」

「嗯～這樣啊……」

對馬修說完後，聖哉的視線在空中遊盪。

「既然地對空飛彈、手槍、雷電都不行……只剩下弓箭了。莉絲妲，妳有想到誰嗎？」

「我知道弓之女神。距離神殿不遠處有個『神緣之森』，我在那裡看過她好幾次。」

「那我們先去見那個女神好了。妳來帶路。」

從神殿走了十幾分鐘後，周圍的景色開始改變。現在我們穿過蒼鬱茂密的林木，走在一條羊腸小徑上。

清澈的空氣騷動鼻腔。貌似松鼠的小動物察覺到我們都躲起來。這座位於統一神界，未經人工開發的原始森林——就是「神綠之森」。

「妳常來這種地方嗎？」

「嗯，我偶爾會跟阿麗雅帶三明治來這裡野餐。」

「還野餐呢，稍微工作一下吧，妳這個尼特女神。」

「誰、誰是尼特女神啊！我現在不就在工作嗎！偶爾野餐一下有什麼關係！」

走著走著小徑就中斷了，只有一棵又一棵的樹擋在眼前。

「弓之女神蜜緹絲在森林中的空地獨自練習射箭。所以不要再往前走了，避免打擾她練習。」

阿麗雅以前這麼說過，所以我跟她來這裡玩時，最遠只走到這裡，不曾再往前進。我只有在小徑上跟蜜緹絲大人擦身而過時，才會見到她。

「……我們去看看吧。」

我們穿梭於林木間，在沒有道路的路上前進。過了一陣子，原本生長密集的樹木越來越稀疏。

在神綠之森中央，除了一棵特別大的樹鎮座於此，四周的樹木長得稀稀疏疏。美貌如畫的女神蜜緹絲正在這塊圓形空地內彎弓拉箭。如絲絹般的雪白頭髮長及腰際，細長鳳眼給人充滿知性的印象。「美得清新脫俗的女神」——是我看到蜜緹絲大人時的印象。
蜜緹絲放開拉弓的手，箭發出風切聲，轉眼消失在森林中。我抓準時機向她搭話。
「抱歉打擾您練習，蜜緹絲大人。」
「哎呀，我記得……您是莉絲妲黛小姐。願您今日順心愉快。」
這女神的說話方式與其說文雅——倒不如說是奇怪。
我本來打算一開始先讚美她的弓術，用「您射箭真厲害！」之類的打開話匣子，不過蜜緹絲大人射箭的方向只有一堆樹。
蜜緹絲大人見我說不出話，露出微笑。
「我的箭靶放得很遠，在那些樹後面。」
「是、是喔……是這樣啊……」
我凝視她指的方向，但眼前只有茂密樹林。我的視力應該很好，卻完全看不到標靶。
「對、對了，蜜緹絲大人！其實我是想請您教這個勇者弓術——」
話才說到一半，聖哉伸出一隻手制止我說下去。
「聖哉？」
「在那之前，先讓我見識一下妳的實力吧。看上面。」
我抬頭看去，有三隻巨大的火鳥在空中飛舞。那是聖哉施展的鳳凰自動追擊。
「就算妳能射中遠方不會動的靶子，我想看看妳能不能射中在空中高速移動的物體。如果做不到，再談也沒用。」

「聖、聖哉！你這麼說太失禮了吧！」

不過蜜緹絲大人柔柔一笑。

「只要射下那些魔法鳥就行了乎？我明白了……」

蜜緹絲大人把手上的弓放在腳邊。

「這是練習用的弓，我在實戰中是用魔法弓。」

她說著的同時，伸直的左手臂開始發光。

「輝光弓（Shining Arrow）……」

下一秒，蜜緹絲大人的左手上握著光之弓，同時往後拉的右手也在不知不覺中冒出光線般的箭，架在纖細的光弦上。

光箭對準上空，前方是三隻以驚人速度飛旋的火鳥，但蜜緹絲大人連瞄準的動作都沒有。我還以為她在遲疑，這時她細線般的雙眼瞪大。當光線般的箭射向天空的瞬間，空中已經發生大爆炸，聲響震耳欲聾！

……我不知道發生了什麼事。但等煙霧散去，空中已經看不到任何火鳥。

咦咦？我記得蜜緹絲大人只射出一支箭啊！為什麼三隻鳳凰會同時消失？

我大吃一驚，聖哉則在身旁低喃自語地解釋：

「是趁鳳凰在空中排成直線時放箭的吧？難怪能同時打倒三隻。」

騙、騙人！鳳凰飛得那麼快，竟然能看出它們何時重疊？簡直是神技啊！不對，呃，她本來就是神啦！

聖哉看似滿意地點點頭。

「嗯，這樣應該能打倒貝爾．卜普。好，由妳來教我吧。」

對於立場完全顛倒過來的聖哉，蜜緹絲大人給了他下馬威。

「要我教您可以，但我也有一個條件。勇者大人擅長何種魔法？」

「火焰系。」

「那您會火焰的魔法弓——火焰弓(Fire Arrow)乎？」

「不，我不會。」

「是乎？那在修練前，請您務必學會火焰弓。恕我直言，您必須先學會，我才能傳授我的弓術。」

蜜緹絲大人說的有道理。如果不會用擅長的魔法做出弓箭，弓之女神也無從傳授她的絕活。

蜜緹絲大人將她的鳳眼瞇得更細，笑了笑。

「如果您不會火焰弓，是否要跟我進行別的修練乎？」

別的修練？蜜緹絲大人是在挖苦他嗎？

但聖哉搖搖頭。

「不，不是弓術就沒有學的意義了。」
聖哉接著問他身後的艾魯魯。
「我記得妳會火焰弓吧？」
「唔、嗯！」
「現在就在這裡教我。」
「現、現在？就算聖哉你再厲害，也沒辦法馬上學會吧！我光是學會就花了一年呢！」
「少廢話，妳教吧，別浪費時間。」
「那、那首先伸出左手……在心中想像左手出現魔法火焰，化成弓的形狀……」
艾魯魯一邊教，一邊發出「啊哈哈」的乾笑聲。
「一開始辦不到是理所當然的，但只要不死心地練習個幾百次、幾千次，總有一天一定會——」
「像這樣嗎？」
然而，聖哉的左手上已經出現火焰弓了。
「咦……」
艾魯魯瞪大雙眼。
「不、不過！真正難的還在後頭！接下來要讓右手出現箭……呃，已經變出來了嗎啊啊啊啊？」

聖哉的右手上有火焰箭，搭在火焰弦上。

「可、可、可是真正難的在後頭！剛開始應該飛不到一公尺，但只要耐心練習——」

聖哉往上空射出的火焰箭消失在蒼穹的彼端。

「要、要、要、要射中靶心才是真的真的難到不行，連我到現在也不一定射得中——」

聖哉接下來射出的箭，命中幾十公尺外的細長樹幹，讓樹熊熊燃燒起來。

「嗯，射中了，很簡單。」

聖哉回頭看蜜緹絲大人。

「這樣可以嗎？」

「真、真令人驚訝，竟有勇者能學得如此之快。」

蜜緹絲大人雖然一臉錯愕，但不久後愉快地揚起嘴角。

「不過，這才是天選之人。好吧，那我們馬上開始修練……」

我把聖哉留在森林中，帶著馬修和艾魯魯回神殿。在回程途中，我當然沒忘記要替艾魯魯打氣。

「嗚嗚……！心情好沮喪喔……！」

「艾魯魯，妳別在意！是那個勇者太異常了啦！」

馬修戳了戳我的肩膀。

「嗳，莉絲姐，那接下來我跟艾魯魯要在這裡做什麼？」
「這個嘛，聖哉有說什麼嗎？」
「我走出森林前有問師父，他說：『這個嘛，不然你們去食堂吃點心怎樣？』……」
「好、好過分……也太隨便了……」
「是啊，就算師父這麼說，我也沒辦法在食堂吃點心吃三天。我們也想變更強。莉絲姐，妳能介紹其他神幫我們修練嗎？」
「我知道了。這個嘛……之前教馬修的是賽爾瑟烏斯，接下來換雅黛涅拉大人教你怎麼樣？如果要跟聖哉走一樣的流程，就是照這個順序。」
我試著推薦比劍神賽爾瑟烏斯更高一等的軍神雅黛涅拉大人。
「原來如此！跟隨師父的腳步嗎！這樣很好！就這麼做吧！」
「那艾魯魯妳呢？」
「我今天提不起勁……吃點心過一天好了……」
「好、好吧！不用急，慢慢來！我們一起去吃馬卡龍吧！」
艾魯魯的修練計畫等明天再想，我現在要先幫馬修找到雅黛涅拉大人。可是她位於神殿地下的房間大門深鎖，敲門也沒反應。
我不得不放棄，在神殿裡閒晃時，遇到肌肉猛男賽爾瑟烏斯。

「嗨，賽爾瑟烏斯大叔！」

「你好啊，賽爾瑟烏斯。嗳，你有沒有看到雅黛涅拉大人？」

我跟馬修笑著打招呼，賽爾瑟烏斯卻臉色大變地靠了過來。

「既、既然你們在這裡，難道那個勇者也回來了？」

「嗯，不過他現在正在神緣之森進行修練……聖哉怎麼了嗎？」

「什麼怎麼了！雅黛涅拉大人的狀況超糟的！以前就夠病了，結果因為那個勇者，最近變得更病了！」

……我太大意了。上次回神界時，雅黛涅拉大人因為被聖哉甩了而流下血淚，還在中庭大鬧一場。

「那、那麼雅黛涅拉大人現在情況如何？」

「整天一直低喃唸著『聖聖聖聖聖哉絕不饒你我要殺殺殺殺殺了你』。我剛開始聽到時，還以為她在哼饒舌歌呢。」

「這、這麼糟嗎……？」

「是啊，小心一點，那可不是開玩笑，說不定她會……突然往背後捅上一刀喔。」

賽爾瑟烏斯一臉正經地提出忠告，我聽得心驚膽顫。

這、這樣別說讓馬修跟她修練了！得小心別在路上碰到她啊！

我想像她眼露凶光，「嘻嘻嘻嘻嘻嘻嘻嘻」地笑著磨劍的樣子……渾身顫抖。

第三十三章　暗影重重

「我也有聽說這件事。雖然試著安撫她，但那孩子完全聽不進去……」

阿麗雅說完後露出苦笑。我帶著馬修和艾魯魯，到阿麗雅的房間找她商量雅黛涅拉大人的事。

「嗳，阿麗雅，怎麼辦？要是向伊希絲妲大人稟報，她會不會處理？」

「嗯～這麼做有點……妳想想看，被甩了還被伊希絲妲大人責備，不覺得雅黛涅拉這樣很可憐嗎？」

「是沒錯啦……不過，萬一聖哉被她刺殺的話……」

「賽爾瑟烏斯和妳都太誇張了啦，雅黛涅拉再怎麼說都不會做那種事。而且，萬一情況變成那樣，那個勇者也一定沒問題的。」

阿麗雅說完後喝起紅茶。

咦咦～！阿麗雅太老神在在了吧？等到事情發生就太遲了啊！

無論如何，我都想避免那個天才勇者不是被敵人，而是被女神殺掉退場的最糟事態。既然事已至此，或許該由我出面，找雅黛涅拉大人好好談一談。另外，我也要叮嚀聖哉，要他別跟雅黛涅拉大人碰到面……

我正在擬定計畫時，阿麗雅的房門大大敞開。

「師父！」

「啊，聖哉！」

說曹操曹操到。看到勇者就站在門前，我跟兩人一樣吃驚。

「聖哉？你怎麼在這裡？修練呢？」

「現在是休息時間。我有點事想找這個女神。」

聖哉走到阿麗雅面前。

「妳以前說妳是『封印的女神』。那有沒有招式能封住魔物，讓它永遠無法出來？」

面對聖哉的問題，阿麗雅低下頭。

「對不起，我沒有那種招式。我擅長的是把別人施加的封印解開……」

「是嗎？那就沒辦法了。」

咦，封印的特技？聖哉為什麼現在要問阿麗雅這個問題……？

對、對了！聖哉在尋找伊古札席翁的替代品！可以代替沒拿到的最強武器，打倒魔王的方法！

我打從心底對不拘泥眼前的敵人，行動時也會考慮到未來的謹慎勇者感到驕傲，不自覺地脫口說出：

「聖哉真厲害！竟然連休息時也在想打倒魔王的方法！」

此話一出，聖哉就用銳利的眼神瞪我，我才發現自己說漏嘴了。

「嗯？打倒魔王的方法？不是有伊古札席翁嗎？」

「是啊。嗳，莉絲絲，為什麼妳要這麼說？」

馬修和艾魯魯目不轉睛地看著我。

啊啊啊啊啊啊啊啊啊！我真蠢！到、到底該怎麼辦啊！

這時，聖哉幫我說話。

「我們不知道最終決戰會發生什麼事，所以除了伊古札席翁外，當然也要找對魔王有效的其他方法。而且我打算在決戰前盡量不用伊古札席翁，畢竟要是刀刃有損傷就麻煩了。」

艾魯魯歪著頭。

「明明是最強的聖劍，刀刃會損傷嗎……？」

雖然兩人都一臉疑惑，不過……

「也罷，很有師父謹慎的風格！」

「嗯！的確很像聖哉的作風！」

兩人馬上這麼說後露出笑容。

太、太好了！換作是普通人來說，聽起來會是個可疑到不行的藉口，但出自聖哉的口就很有說服力！馬修和艾魯魯似乎也接受了！

聖哉將收著伊古札席翁——應該是白金之劍改的劍鞘朝向我。

「所以莉絲姐，這個由妳來拿吧。」

「我、我知道了……呃，好痛好痛好痛好痛！」

聖哉用劍鞘使勁壓上我胸部，像在說「幹嘛這麼多嘴」。

「嗚呀啊啊啊啊啊！快扁了！我的胸部快壓扁啦————！」

阿麗雅輕笑出聲。

「你們感情真好呢。」

不，這可不是那麼溫馨的場面！這個勇者是真的要壓扁我的奶啊！

「……那我回去修練了。」

聖哉終於不再壓擠我的奶後，轉身離去。

「好痛喔，真是的……！」

我一邊揉著差點被壓扁的胸部，一邊對正要走出房間的勇者開口：

「聖哉！你要小心雅黛涅拉大人喔！」

「為什麼？」

「你之前對她做了很過分的事，她生氣了！」

「我有對雅黛涅拉做什麼嗎？我不記得啊。」

聖哉露出完全無所謂的表情，並把門關上。

聖哉離開後，馬修嘆了口氣。

「唉，聽妳們這麼說，我想那個叫雅黛涅拉的應該不會幫我修練了……接下來我該怎麼辦啊……」

「跟我一起吃點心吧，馬修！」

「可惡！果然只能吃點心吃三天了嗎……！」

阿麗雅接近馬修。

「哎呀……你身上隱藏著某種力量吧？」

「妳是指神龍化嗎？是啊，我好像可以努力變成龍。但為此，我想多修練一點，讓等級提升……」

「這個很類似封印呢。不介意的話，要不要我來幫你解除？」

「！真的嗎？這種事辦得到嗎？」

阿麗雅這句話也讓我大吃一驚。

「等一下，阿麗雅！這種像作弊的行為沒問題嗎？不會違反神界的規定嗎？」

「我只是解放這孩子原有的力量，沒問題的，而且我只會教他方法。反正這無法一朝一夕就辦到，也算是修練的一環。」

既然上位女神阿麗雅都這麼說，那應該沒問題。馬修交給阿麗雅負責，那艾魯魯……

我看向艾魯魯後，她露出僵硬的笑容。

「沒關係，莉絲絲！妳可以完全不用管我！我會在食堂一直吃點心的！因為我喜歡甜點啊！」

艾魯魯遇到太多事，似乎讓她失去了自信。

而阿麗雅把手放在艾魯魯肩上。

「妳也有隱藏的才能喔，我可以將它引導出來。怎麼樣？要不要交給我看看？」

「真、真的嗎？像我這樣的人也有才能嗎？那、那請妳幫我引導出來！拜託妳了！」

真不愧是阿麗雅，竟然能看出艾魯魯隱藏的才能。我對開心的兩人感到放心，把他們託付給阿麗雅。

離開阿麗雅的房間後，我變得樂觀了一點。阿麗雅說的沒錯，或許只是賽爾瑟烏斯誇大其詞，其實雅黛涅拉大人沒有那麼生氣也說不定——我開始這麼想。

即使如此，我還是走下神殿的階梯，再次走到雅黛涅拉大人的房間打探情況。

在黑暗中，我敲敲走廊盡頭的木門，一樣得不到回應。在回去前，我不經意地握住門把，門好像沒鎖。

「打、打擾了……」

我進入光線昏暗的空盪房間，環顧四周一圈，雅黛涅拉大人果然不在。

正要放棄而回去時，左邊牆壁的花紋讓我感到在意，似乎一整面都畫著類似文字的圖案。

我在幽暗中湊近牆面，仔細凝視的瞬間……僵在原地。

「殺殺殺殺殺殺殺殺殺殺殺殺殺殺殺殺殺殺殺殺殺殺殺殺殺殺殺殺殺殺」

全是密密麻麻的小字！寫的都是對聖哉的怨恨啊！

這、這、這太可怕了！我得趕快通知阿麗雅才行！

我連忙轉身的瞬間——

「嘻嘻嘻嘻嘻嘻嘻嘻！」

駝背的雅黛涅拉大人就站在面前。

「噫噫噫噫噫噫噫噫噫噫噫！」

我嚇到腿軟，雅黛涅拉大人則用帶著黑眼圈的雙眼，湊近腳軟的我。

「莉、莉絲妲黛，既、既然妳回來了，代表那、那個勇者也……嘻嘻嘻嘻，回、回來了吧？」

「沒、沒有！這次只有我一個人！聖哉沒有回來！」

我馬上扯了謊。

「是、是這樣嗎？真、真的嗎？」

「是、是、是真的，真的！」

「那、那麼，妳一個人來找我……做、做什麼？」

「不，沒什麼！沒什麼特別的事！」

我因為緊張，講話內容亂七八糟。

「明明沒事，卻特、特地來我房……房間？」

雅黛涅拉大人用狐疑的表情盯著我看，害我更緊張了。

「不，這個……那個，其實我是想看雅黛涅拉大人房間的裝潢啦！我、我的興趣是看別人的房間！哎呀，這裝飾真棒呢！」

「……是、是嗎？」

我跟雅黛涅拉大人一起默默地注視著那面寫滿「殺」的牆壁好一會兒……

「阿麗雅、阿麗雅、阿麗雅！糟了、糟了，我是說真的，絕對很不妙啊啊啊啊！」

我驚慌失措地回到阿麗雅房間，抓著前輩女神喊道。

「冷靜一點，莉絲妲，有什麼事這麼糟？」

「就是雅黛涅拉大人啊！妳去看看她在地下的房間！整面牆上都寫滿了『殺』字！我嚇壞了，還說了莫名其妙的話，像是『這裝飾真棒』之類的！」

然而，阿麗雅露出溫柔的微笑。

「喔，那不是針對聖哉寫的啦。那孩子的房間牆壁從以前就是那樣，算是一種彩繪藝術吧。」

「！那是彩繪藝術嗎？騙人的吧？」

「總之，那面牆是從以前就有了。是之前光線太暗，妳進去時沒發現吧。」

所以那真的是裝飾嗎？不，這是哪門子的裝飾啊？令人不敢相信！

「妳太杞人憂天了，莉絲妲。」

「可、可是，阿麗雅！」

面對不死心的我，阿麗雅豎起食指「噓」了一聲。我往旁邊一看，馬修和艾魯魯正用類似日本打坐的姿勢坐在地上。

「他們現在正在集中精神，妳可以安靜一點嗎？」

「對、對不起。」

我不能打擾那兩人修練，面帶難色地離開阿麗雅的房間。

阿麗雅很溫柔，應該把我和雅黛涅拉大人都當成妹妹看待，可是……

——可是，現在的雅黛涅拉大人絕對很危險！既然這樣，只能靠我保護聖哉了！

第二天，蜜緹絲大人跟聖哉在神緣之森一臉嚴肅地進行修練。

「聖哉先生，其實對弓箭而言，最重要的是『眼睛』。要把意識集中在眼部。擁有能瞭望至遠方，掌握敵人位置的視力是非常重要的。」

聖哉一邊對蜜緹絲大人的建議點頭認同，一邊朝遠方的樹木發射光箭。看起來聖哉已經精通光魔法弓了。

接著，聖哉對蜜緹絲大人發問。

「可以同時發射好幾支箭嗎？」

「就算是魔法弓──不，正因為是魔法弓，在射箭時才更要全神貫注，這樣箭才會有威力，飛行距離能遠超過一般的箭。因此光是以連續射箭，模擬出同時射箭的效果就已經是極限了。不過，人類最多只能三連射。」

蜜緹絲大人朝天空架起光之弓。在第一箭射出的瞬間，手上已經創造出新的魔法箭並立刻射出。以快到肉眼跟不上的速度製造出的亂射光箭，看在我眼中就像有許多箭同時齊發，化為七個光點消失於蒼穹。

「即使是我，七連射也已經到極限。如果執行神界特別處置法，解放原本力量的話，或許可以到十連射……」

「七連射嗎？假如對魔物用這一招，對方有可能閃過嗎？」

「輝光弓不論準確度還是射程，都遠勝其他屬性的魔法弓。如果用這一招進行廣範圍的七連射……要完全閃開不被擊中是絕對不可能，這種魔物不可能存在。」

「真的？」

「我以弓之女神之名發誓，絕對不可能。」

蜜緹絲大人微微一笑。

「不管怎樣，七連射應該是人類不可能達到的領域。」

「我只是假設而已。」

我在樹蔭下等了一陣子後，看到蜜緹絲大人對聖哉行了個禮，消失在森林中。看來休息時間到了。

我走近聖哉，把我做的便當遞給他。

「怎樣，聖哉？修練得如何？」

「很順利。明天應該也能練成連射。」

「是嗎？那就好。對了，到明天回人界前，你盡量別去神殿喔。要是遇到雅黛涅拉大人，我不知道會發生什麼事。」

「『要是碰到雅黛涅拉』？這是什麼意思？」

「我昨天不是說過了嗎？雅黛涅拉大人對你非常生氣。」

「有沒有遇到都沒差吧。」

「呃，要怎麼想是你的自由，總之我現在不想讓你見到她……懂嗎？明天我會把馬修和艾魯魯帶來這裡再開門，我們直接從這個森林回蓋亞布蘭德吧。」

「莉絲妲，妳從剛才開始到底在說什麼？」

「啥？你問我……說什麼？我是不想讓你跟雅黛涅拉大人碰面，所以才這麼安排的。」

「我完全不懂妳的意思。」

聖哉用食指指向我的背後。

「雅黛涅拉從剛才就一直在妳背後啊。」

……咦？

聽到他這麼說，我緩緩轉向背後……

「嘻嘻嘻嘻嘻嘻嘻嘻嘻嘻嘻嘻嘻嘻嘻嘻！」

雅黛涅拉大人在近得能感受到氣息的距離，露出陰森的微笑！

「嗚呀啊啊啊啊啊啊啊啊啊！」

我大聲慘叫！跟昨天一樣雙腳發軟，當場跌坐在地！

「嘻嘻嘻嘻嘻嘻，莉、莉絲妲不、不可能一個人回來吧，所、所以今天妳出神、神殿後，我就在後、後面跟蹤妳……」

雅黛涅拉大人喜孜孜地說完後，一把抽出腰間的劍。

「等、等一下，雅黛涅拉大人？請、請妳冷靜啊！」

「不、不行，我絕、絕對饒、饒、饒不了那個人類。」

雅黛涅拉大人的黑髮像女鬼般倒豎。化為復仇之鬼的女神跟聖哉對峙，把身體壓低。

這、這個架式……好眼熟！這是「連擊劍」的姿勢！她是真的想跟聖哉打……！

「拔、拔劍吧，聖哉。我要讓你見識正、正宗的連、連擊劍……！」

滿溢的殺氣一觸即發，但聖哉表現得跟平常一樣冷靜。

「好久不見了，雅黛涅拉，妳還好嗎？」

聽到聖哉這樣打招呼，我和雅黛涅拉大人都頓時愣住。

「你、你在說什麼？你、你知道自己到底對我、我做了多、多過分的事嗎？我絕對饒、饒不了你……」

「妳的頭髮好毛燥。」

「你、你、你在做什、什麼……」

聖哉毫無防備地走近拿著劍的雅黛涅拉大人，撫摸她倒豎起的黑髮。

「聖、聖哉？這樣很危險！會被刺的！」

不過聖哉卻像在摸貓一樣，說著「好乖好乖」，不斷撫摸雅黛涅拉大人的頭。

「住、住、住手……只、只有你，我絕、絕不……」

即使對方抗議，聖哉仍繼續撫摸。不久後，雅黛涅拉大人的衝冠怒髮變得柔順服貼，恢復成平常的髮型。

「嗯，這樣就好了。」

「聖哉！你也該適可——」

我拉開聖哉，制止他唐突的行徑，看向不停顫抖的雅黛涅拉大人。

「我、我、我……還、還、還是……」

嗚、嗚哇……！她氣到不行啊！這、這下子該怎麼阻止才好？

不過，雅黛涅拉大人低著頭說：

「饒、饒……饒…………了你吧……」

「……咦？」

這不是我聽錯。說出這句態度一百八十度大轉變的話後，雅黛涅拉大人抬起頭，原本充滿殺意的眼神不知何時冒出愛心，變成熱戀中的眼睛了。

「！呃，妳不是說絕饒不了聖哉嗎？」

「總、總覺得完、完全無所謂了，就、就是喜、喜歡他……！」

雅黛涅拉大人把劍扔在地上，挽住聖哉的手臂。

經過這一番風波後，蜜緹絲大人回來了。這時，聖哉立刻用冷淡的眼神看向雅黛涅拉大人。

「雅黛涅拉，我接下來要修練。妳在這裡既礙事又礙眼又煩人，趕快滾去那邊吧。」

「唔、嗯，我知道了。喜、喜歡你……！」

！聖哉說了好過分的話耶！是因為被摸頭很開心，所以被罵了也沒感覺嗎？

我冷眼看著雅黛涅拉大人在樹下含情脈脈地望著聖哉練習。這時，阿麗雅的話忽然浮現在我的腦海。

「那勇者一定沒問題的。」

真、真的跟她說的一樣呢。什麼嘛，沒想到阿麗雅比我還了解聖哉……

結果只有我一個人窮緊張，感覺蠢斃了。我頓時全身無力，癱坐在雅黛涅拉大人身旁。

……當時我還沒察覺到，真正的恐怖已經悄悄逼近到眼前。

# 第三十四章　淫女蕩婦

「妳看，我就說沒問題吧。」
「嗯，害我白擔心了。」
隔天，我在阿麗雅的房門前說完事情的經過後，前輩女神微微一笑。
「不管嘴巴上怎麼說，雅黛涅拉都是女神，絕對不會把受到召喚的人類殺了，而且聖哉是凡事都能設法自己解決的勇者。」
——唉……我忍不住嘆了口氣。我果然沒有一件事能贏過阿麗雅。呃……不過，即使這樣……
「先不論雅黛涅拉大人，至少在聖哉方面，我跟他認識的時間明明比妳久，真不甘心～為什麼呢？」
我只是發發牢騷，阿麗雅聽了卻加強了語氣。
「莉、莉絲妲，妳不是常找我談那個勇者的事嗎！我聽妳說他很謹慎也很強！所以才覺得應該沒問題的！」
「唔、嗯，是嗎？說的也是。」

「先不說這個了，莉絲妲！去看看那兩個孩子吧！我要讓妳看看修練的成果！」

阿麗雅握住門把打開房門，對靜坐修練的馬修和艾魯魯說：

「嗳，馬修！給莉絲妲看看那個！」

馬修突然被指名，有點詫異地說：「喔，好。」站起身後對我伸出右手。我還在一頭霧水時，馬修的右手開始慢慢變化！那跟變成蜥蜴人的龍人化不同，現在馬修保持著人類的外形，只有右手變成有鱗片的巨龍。

「那、那是什麼？阿麗雅？」

「馬修藉由集中精神，將神龍化的封印部分解除了。解放龍掌後，馬修的攻擊力一下連跳了好幾級喔。」

「怎樣，莉絲妲！很厲害吧！」

「嗯！很厲害！你很努力呢，馬修！」

看到只讓單手巨大化讓馬修充滿自信，我也很高興。

「嘿嘿！」

「雖然只有手巨大化感覺不太平衡，有點噁心……不過你真的很努力呢！」

「！妳說噁心是什麼意思？」

「莉絲絲！才沒這回事呢！光看手就很帥氣啊！雖然看整體……很那個就是了！」

「『很那個』是什麼意思！根本沒幫上任何忙！」

「你們兩個怎麼這樣講話？多虧馬修這麼努力，才能在短時間內得到特殊技能『愉快的巨大右手』喔。」

「連妳也在取笑我吧！」

馬修憤慨不已，艾魯魯則把手放上他的肩膀。

「好啦，別氣了，馬修！」

就在這時，艾魯魯露出有點壞心的笑容，接著馬修開口：

「妳～幹～了～什～麼～！」

……咦？馬修講話的方式怎麼突然變得好奇怪？

「艾～魯～魯～！妳～這～傢～伙～！給～我～等～一～下～！混～帳～！」

馬修想抓住艾魯魯，動作卻如老人般遲緩。

這、這難道是！

阿麗雅露出微笑。

「沒錯，這是讓對方動作緩慢的輔助魔法『延遲(Delay)』。」

「那、那就代表艾魯魯的隱藏才能是輔助魔法嘍！」

「沒錯。」

馬修好不容易抓到艾魯魯後，艾魯魯向他道歉。

「對、對不起啦！我會幫你復原的，就饒了我吧，馬修！」

她再次碰了馬修的肩膀，馬修卻手忙腳亂地動起來。

「妳這傢伙給我差不多一點這次太快了啦趕快恢復原狀啦艾魯魯不然我以後就不跟妳講話也不一起吃飯了喔喂有聽到我的話嗎妳這傢伙！」

馬修不停手舞足蹈，講話也完全沒換氣。

這、這次是「迅速(Haste)」！跟延遲成對的魔法她也學會了！

阿麗雅充滿感慨地摸摸艾魯魯的頭。

「妳的才能是後天產生的。一定是妳『希望能幫上大家』的心願，給了妳這個力量。這是一件很棒的事喲。」

「哎嘿嘿！」

艾魯魯看起來非常開心。

嗯，延遲和迅速都能成為聖哉強大的助力！太好了，艾魯魯！

解開迅速恢復原狀後，馬修氣鼓鼓的，而艾魯魯認真地向他道歉。這時，阿麗雅用嚴肅的表情說：

「你們兩個，記得要再來一次。下一次馬修要學完全神龍化，艾魯魯則是學新的輔助魔法。」

「好！」

「嗯！之後再麻煩妳指教了！」

我用讚賞的眼神看向阿麗雅。

「嗯～！早知道這樣，一開始就把他們交給妳就好了！」

真是繞了遠路呢……我感到後悔。

「沒有什麼事是白費的。正因為累積了各種經驗，馬修神龍化的封印才能解除，艾魯魯的才華也能開花結果啊。」

「是嗎～不過話說回來，馬修和艾魯魯的能力都上昇了，聖哉修練弓術也很順利，這次結果很完美呢！」

聽到我隨口一說，阿麗雅的動作僵住了。

「妳說修練弓術……？莉絲妲……難不成教聖哉的是蜜緹絲？」

「是啊！說到弓之神只有蜜緹絲大人吧？」

這時，阿麗雅突然用雙手抓住我的肩膀，大聲說道：

「妳怎麼做這種傻事！那個女神很可怕啊！」

連我為了雅黛涅拉大人陷入焦慮時都很冷靜的阿麗雅，現在卻臉色鐵青。

「咦、咦咦？妳說她可怕……比雅黛涅拉大人還可怕？」

「雅黛涅拉根本不能跟她比啊！妳知道蜜緹絲為什麼會在神緣之森嗎？她是對受到召喚的勇者見一個搶一個，還用肉體把他們吃乾抹淨的淫蕩女神啊！伊希絲妲大人為了讓她安分一點，才把她趕到森林裡！那裡是男人絕對不能靠近的禁地啊！」

「啥！騙、騙人的吧？那妳為什麼要帶我去那裡野餐啊？」

「那是因為我們是女神啊！唉，真是的，到底該怎麼辦才好……！」

「可、可是，到現在什麼事都沒發生喔！他們兩個很普通地在修練啊！相信蜜緹絲大人現在一定也洗心革面了——」

「蜜緹絲知道今天是聖哉修練的最後一天吧？她一定是為了這一天一直在忍耐！蜜緹絲今天一定會大爆發的！」

「怎、怎麼會！」

「妳應該知道吧！女神跟人類的性行為是絕對禁止！別說攻略蓋亞布蘭德了！只要一次聖哉就得退場了！」

「一次……！只要有性行為……！」

「莉絲姐！別再說傻話了，快去找聖哉啊！快！」

「唔、嗯！我知道了！」

我跑出阿麗雅的房間。

「等、等一下！莉絲姐！」

「莉絲絲！我們也要去～！」

馬修和艾魯魯也追在我身後。

我一邊跑著，一邊深切體會到事情的嚴重性。

——那個億中選一的奇才，會因為「跟女神做愛畫下句點」嗎……？不，我不接受這樣的結果！至少也得跟我……不不，不是這樣！我絕對不會讓這種事發生！

我、艾魯魯跟馬修急忙趕到神綠之森的練習場，卻目睹到非常糟糕的場面。蜜緹絲大人被吊在一棵特別粗的樹長出的粗樹枝上，全身被繩子纏得密不透風，至於聖哉則站在樹下。

「聖、聖哉！這到底是怎麼回事？」

「我也不知道。剛才她說：『我要準備一下，十分鐘後再來。』，結果我回來就變成這樣了。」

「……呵呵呵呵呵。」

這時，上面傳來笑聲。被吊掛著的蜜緹絲大人開口：

「聖哉先生，這是連射的最後測驗。這條吊著我的特製繩子，必須用光箭連射相同位置三次才能射斷。你得分毫不差地連續射中我頭上的繩子。」

原、原來如此！這是修練的一環！可是蜜緹絲大人為什麼要用繩子把自己吊起來？

「如果成功切斷了繩子，纏在我身上的繩子也會同時鬆開，讓我全裸地掉下來。然後聖哉先生要接住全裸的我，跟我激烈相擁。這就是通過測驗的獎賞。」

「！呃，這個人怎麼說這種話都不臉紅啊？」

這個一本正經地口出狂言的女神，讓我感到膽寒。

阿麗雅說的果然沒錯，這個女神是變態！怎麼辦，聖哉！一旦射下來，就有不必要的獎賞在等著你！那乾脆丟著不管呢？可是這樣做，感覺之後會有其他麻煩找上門！

「這三天……我忍了又忍。面對聖哉先生這樣的美男子，讓我到達了極限。」

儘管被自己用繩子綁住，奪走了身體的自由，蜜緹絲大人依然一臉陶醉。

「來吧，聖哉先生！用三連射漂亮地射斷繩子，把我放下來！在那之後，跟我進行『性愛射靶練習』吧！」

性、性愛射靶練習？這女神真的太低級了！

「聖哉！你要怎麼做？」

「這還用問，答案已經確定了。」

聖哉毫不遲疑地具體變出光之魔法弓！瞄準蜜緹絲大人！

「你、你要射嗎？可是如果成功了，全裸的蜜緹絲大人會來襲擊你喔！沒問題嗎？」

「不用擔心。」

尾音方落，聖哉放出的光箭以高速射出，刺上蜜緹絲大人頭上的繩子……不，直接刺進蜜緹絲大人的眉間！

咦……？咦咦咦咦咦咦咦咦咦咦咦咦咦咦？這、這傢伙，竟然射穿了女神的頭啊啊啊啊啊啊！

「喔……啊啊啊……」

蜜緹絲大人發出奇怪的聲音！現在一支光箭從蜜緹絲大人的眉間貫穿至後腦勺！

目睹這驚悚的景象，令我渾身發抖。

就算女神不會死，一般來說也不會射頭吧？這女神就算了，連勇者也亂七八糟啊！喂！

不過蜜緹絲大人瞪大那雙鳳眼，看向聖哉。

「聖哉先生……不能惡作劇喲……呵！」

這個淫蕩女神全身使力，弄斷奪走全身自由的繩子，一絲不掛地降落至地面。

「呵呵呵，其實只要我有心，隨時都能掙脫這條繩子是也。」

馬修看到她凹凸有致的性感身軀，頓時紅了臉。

「唔、唔喔……！」

「馬修！不能看！」

艾魯魯用雙手遮住馬修的眼睛，蜜緹絲大人則握住貫穿自己頭部的光箭。

「連射練習這樣不行是也，這樣不及格呢。」

她接著一口氣拔出射穿頭部的箭，眉間開了個洞，不過傷口立刻就復原了。

「所以接下來要重考。」

「重、重考是指？」

赤裸裸的蜜緹絲大人做出短跑選手的起跑動作。

「聖哉先生！從現在開始，我會拚命襲擊你！如果你不想這樣，就用我教你的弓術連射阻止我！這也是修行的一環！」

不，那種修行我聽都沒聽過！

明明槽點滿滿，蜜緹絲大人卻不給我吐槽的時間，像野獸般手腳並用地衝向聖哉！面對披頭散髮，全裸襲來的淫蕩女神，勇者卻沒有一絲動搖！他面不改色地架起光之弓，對準蜜緹絲大人拉弦！他威風凜凜的英姿宛如男神雕像！光線像要消滅一切煩惱，從聖哉的手中發射出去！等我回過神時，飛出的光箭無聲無息地刺進了蜜緹絲大人的口中及雙眼！

「嗚喔……！」

箭從蜜緹絲大人的口貫穿至咽喉。她的動作突然停止，悶哼一聲。而聖哉在我的身旁喃喃說道：

「……光箭三連射（Three-Shot Shining-Arrow）！」

喔喔喔！這就是練習的成果！光之魔法弓三連射！可、可是……！

教連射的女神被光箭刺穿了雙眼和嘴巴！

噫噫噫噫！好、好恐怖！好噁心！太噁了！不、不過，這樣蜜緹絲大人就看不到前面了！

我才放心沒多久，蜜緹絲大人竟然把刺進嘴裡的光箭直接咬碎，一口吞進去。

即使雙眼被射穿，蜜緹絲大人仍用野獸般的動作再次展開行動！笑著衝向聖哉！

「嗚呼呼啊嘻嘻嘻！女神啊啊啊啊啊！是不會死的啊啊啊啊啊！這樣做是阻止不了我的啊啊啊啊啊！」

「呃！她不是雙眼被刺穿了嗎？」

蜜緹絲大人沒有減速，朝聖哉直衝而來。看到這個一邊鬼叫一邊逼近的全裸怪物，艾魯魯用顫抖的聲音大喊：

「好、好可怕！那真的是女神嗎——？」

「簡直就像魔王軍……！」

馬修喃喃說出這句話的瞬間！蜜緹絲大人竟轉換方向，朝馬修衝來！

「怎、怎麼可能！竟然把馬修當成目標！」

「總之先將主菜擺在後面！先來吃前菜吧！正太我也完全沒問題——！」

這個女神！大聲地說出不得了的話！別在神界說出「正太」這個詞啊！

「一秒剝衣！兩秒結合！三秒讓你射！」

「嗚哇啊啊啊啊！師、師父！救命啊！」

誰、誰都無法料到會發生這種事！該、該怎麼辦？

但在我身旁的聖哉，正好將箭頭瞄準打算襲擊馬修的蜜緹絲大人。

「從妳過剩的性欲，我早料到妳除了我以外，也可能襲擊馬修。」

聖哉剛說完，光線般的箭就以迅雷不及掩耳之速，從他手中接連射出！

蜜緹絲大人被光箭射中……

「嗚喔喔喔喔喔！」

發出難以言喻的怪叫聲，同時整個人撞到身後的大樹樹幹上！

蜜緹絲大人停止動作，而我仔細一看，大吃一驚！

她雙手手背、雙腳腳背及心臟共五個地方，全被光箭牢牢釘住！

聖哉確定自己勝利後，讓魔法弓消失，並自言自語般地說：

「……光箭五連射（Fifth-Shot Shining-Arrow）！」

即使宛如受到磔刑的犯人般被固定在大樹上，蜜緹絲大人依舊咧嘴一笑。

「這、這樣一來……我再也無法動彈……！話說回來……你預測到我的行動後……使出人類應該辦不到的光箭五連射……！做得很好……！真……厲害……！」

淫蕩女神低下頭，聖哉則轉過身來，以全裸接受大樹磔刑的蜜緹絲大人及發出鮮紅光輝的夕陽為背景，爽快地宣布道：

「一切準備就緒（Ready perfectly）。」

「……！」

這個超現實的景象令我啞口無言。此時，淫蕩女神恢復意識，喘起粗氣來。

「哈啊哈啊……好像全身都被又粗又長的東西貫穿一樣……哈啊哈啊哈啊哈啊……」

艾魯魯戳戳我的手臂。

「噯、噯，莉絲絲……蜜緹絲大人到底在說什麼？」

馬修也點點頭。

「都被箭射穿了，為什麼還那麼開心地『哈啊哈啊』個不停？」

「不、不行！不能看！馬修、艾魯魯！你們不能待在這種地方！我們快點去蓋亞布蘭德吧！」

不能讓純真的少年少女再繼續看那種汙穢的東西。我叫出通往奧爾加要塞的門，像監護人一樣牽著兩人的手，跟聖哉一起衝進門內。

# 第三十五章　討伐巨蠅

「呼，那個女神低級到不行耶，咦……？」

當我終於逃出情色風暴，以為能稍作喘息時，門外卻是一片混亂。當我們走出通往奧爾加要塞的門，等著我們的是大吼大叫，東奔西跑的士兵們，以及神色驚慌地朝我們跑來的老兵卡爾洛。

「啊啊！勇者大人和女神大人！不、不好了！羅札利大人隻身前往巨蠅的巢穴了！」

咦咦！那孩子真的去了嗎？我不是叫她等我們嗎！一個人去也太亂來了！

「得去追她才行！」

「是！巴特大人他們已經策馬去追羅札利大人了！我們也趕快跟上去！」

卡爾洛跟我都慌了手腳。

「別慌，這些我都預想到了。」

相較之下，聖哉倒是一派冷靜。

「從羅札利的個性來想，不難想像她會這麼做。沒問題，在那之後還沒超過一個小時，應該還沒遇到貝爾・卜普。」

「可、可是在牠們築巢的大樹周圍，有負責偵查的巨蠅飛來飛去！羅札利大人可能會遭到它們襲擊！」

「別擔心，我能一瞬間追上她。」

聖哉從地面上飄浮起來，在半空中瞥了我一眼。

「我們飛吧，莉絲妲。」

向卡爾洛問到蒼蠅巢穴的位置後，由聖哉帶馬修，我帶艾魯魯一起飛行。聖哉飛的速度超快，我努力地追著他。不久後，有棵直徑達幾十公尺的巨大樹木映入眼簾。

蒼蠅巢穴所在的大樹被無數隻巨蠅包覆，化為漆黑的棲木。就如卡爾羅所說，偵查蠅在樹的四周飛行，要靠近不太容易。目前我們在距離樹相當遠的地方，還是有幾隻偵查蠅飛來飛去。

趁偵查蠅還沒發現我們，聖哉轉頭默默向我打暗號。我點點頭，隨著聖哉降落在茂密的樹林中。

聖哉一邊觀察天空，一邊在高約數公尺的林木間靜靜穿梭。走了一會兒後，他停下腳步。

「嗯，這地方不錯。從上面看不太到，也可以從這裡眺望牠們的巢穴。」

從聖哉的視角看去，的確能將巨蠅巢穴的巨大樹木盡收眼底。同時，我懷疑起自己的眼睛。

「咦！」

有個人類大喇喇地朝著無數隻巨蠅嗡嗡鳴響的大樹走去——是有著蒼藍髮絲，身穿鑲金盔甲的戰帝之女羅札利。

——嗚，嗚哇……真有勇無謀……！但就某種層面來說，真有勇氣呢……！

巨蠅雖然對巢穴的入侵者產生戒心，卻無法靠近羅札利。仔細一看，羅札利身上散發出淡淡光芒。之前看她的能力值時，有特殊技能「光之庇護」。看來是這一招預先防止了那些小兵的攻擊。

然而不久後，包圍羅札利的蠅群分裂成兩半，從中間現身的是魔王軍奇襲飛行部隊的首領——貝爾・卜普。

我緊張得心跳加速，聖哉卻一如往常平靜地低喃：

「她剛好成了誘餌。這樣我就可以從這裡狙擊貝爾・卜普了。」

我愣了一下回過頭去，聖哉已經顯現出輝光弓。

「你、你說狙擊……難、難不成……你早就預料到羅札利會一時氣憤跑去巢穴嗎？」

「因為蒼蠅看到眼前有餌時比較好打。」

聖哉若無其事地低喃，他背後的馬修和艾魯魯則瞇起眼睛。

「話說，我完全看不到……」

「我、我也是……」

以普通人類的視力，似乎看不到巢穴附近的羅札利和貝爾．卜普。聖哉跟著蜜緹絲大人修練後，視力似乎變得非常好。

「不過時間很急迫，妳看那個。」

在聖哉指向的空中，偵查蠅開始聚集起來。

「咦！為什麼？」

艾魯魯和我彎下身子。

「蒼蠅的嗅覺很靈敏。可能是聞到莉絲妲散發的女神臭吧。」

「！女神臭是什麼？我很臭嗎？」

我聞了聞腋下。我想……應該不臭吧……還是問問看好了。

「噯，我應該不臭吧？馬修！艾魯魯！」

「對、對啊！沒有那麼臭啦！」

「唔、嗯！沒有臭到讓人那麼在意啦！」

「？不，這是有點臭的意思嗎！話說那是什麼臭味？噯噯，告訴我啦！」

「吵死了。安靜一點，會被發現的。」

聖哉將光之魔法弓瞄準貝爾．卜普所在的方向。

「我要一箭定勝負，直接爆頭。」

「辦、辦得到嗎？」

「至少一定能射中。」

就是這股自信！既然聖哉這麼說，感覺真的能射中！只要射中，貝爾・卜普會馬上斃命！雖然這場對決會在眨眼間結束，不過狙擊就是這樣啊！

然而到了下一秒，我們遇上意想不到的伏兵。

跟馬蹄聲一起衝進森林裡的，是號稱羅札利左右手的戰士巴特及十幾名部下。

「喔喔喔！這不是勇者大人嗎！您已經來這裡了嗎！」

聽到他震耳欲聾的大嗓門，上空的巨蠅同時停止動作。

「大、大叔，你太大聲了！會被巨蠅發現的！」

艾魯魯發了脾氣，不過她的聲音也很大。

「什！我真是不小心！真是非常抱歉——！」

巴特的道歉也很大聲。馬修一臉焦急地對聖哉說：

「師、師父！巨蠅全朝這裡過來了！」

「冷靜點，我還射得到。」

遭到我方妨礙，蠅群從上空逼近，聖哉卻依舊冷靜。魔法弓仍瞄準著貝爾・卜普。

「……這種程度還在預料之內。」

「真的嗎？」
雖然我有點懷疑，但聖哉都這麼說了，或許是真的。
然而就在這時，羅札利在遠方的蒼蠅巢穴前，用連這裡都聽得見的大嗓門，當著貝爾．卜普的面怒吼。
「我是戰帝的女兒羅札利．羅茲加爾多！貝爾．卜普！我要跟你一決勝負！」
嗚、嗚哇！那孩子竟然主動報出身分！到底在想些什麼啊？
這時，聖哉的鼻子微微抽動一下。
「聖哉？」
「……沒問題，還在超乎預料之內。」
「『超乎預料之內』就是超過預料的範圍了吧？你不用勉強喔！」
聖哉嘆了口氣後，把魔法弓緩緩放下至腰際。
果、果然超乎了預料……是在逞強吧……
而在巢穴附近，貝爾．卜普正要帶走羅札利。
「你、你這傢伙要幹嘛！放、放開我！」
呃，這也難怪！妳都說自己是戰帝的女兒了，當然會被抓去做人質啊！
不過就算想去救人，我們也抽不了身。現在我們被十隻負責偵查的巨蠅團團包圍了。
無計可施的我往聖哉瞄了一眼，發現他也在看我，然後默默地將劍鞘使勁壓在我的胸部上。

「呀啊！那樣很痛啦啊啊啊！我的奶！我的奶要凹下去啦！不要拿我出氣好不好！」

「不是。上吧，莉絲姐。」

「咦？」

「我叫妳『快飛』。妳去牽制他，別讓他帶那個笨女人走遠。」

……我、我一個人去嗎？

「只要解決這群巨蠅，我會馬上去救妳。所以在那之前，妳先爭取一下時間。」

「就、就算你突然這麼說！再說，就算我追上了，又要怎樣牽制貝爾．卜普？」

「這個嘛，就說『天氣真好』吧。」

「『天氣真好』？這樣他會停下來嗎？」

「總之，妳的視線不能離開羅札利。只要記得這一點就好。」

「我、我知道了啦！」

我下定決心，張開翅膀準備起飛，但眼前出現巨蠅的噁心臉部特寫！

「噫咦！」

不過，巨蠅快抓到我時，被聖哉的魔法箭射穿了頭部！

「我來開路，妳放心飛吧，氣球女。」

「唔、嗯！拜託你了！……等一下，誰是氣球女啊！」

我一邊大叫一邊振翅高飛，獨自去追抓走羅札利的貝爾・卜普。

貝爾・卜普用雙手牢牢抱住不停掙扎的羅札利，要朝北方飛去。他發現我從背後逼近就扭曲了蒼蠅臉，發出「嘰嘰嘰！」的笑聲。

「喂喂喂！妳有白色翅膀，應該是異次元的女神吧！既然妳在這裡……這樣啊，代表勇者已經出現了吧！」

「那個勇者要我傳話給你！現在馬上放開那個女孩！」

「我是無所謂啦！我本來就只想利用這傢伙引出勇者而已！她已經沒用了！」

我在內心竊笑。

只要你抱著羅札利，聖哉就不能射箭！所以你最好趕快放開羅札利！這樣我就能接住她，然後你就會被聖哉射穿！

「嘰嘰嘰嘰嘰！只要殺了勇者，我就能成為四天王！」

但貝爾・卜普與嘴上說的不同，並沒有放開羅札利，反而更往上升。

「咦咦咦？等、等一下！」

我大吃一驚，追上貝爾・卜普。

「你不是說要放開她嗎！」

「我會啊！不過要到更高的地方！我要放一發華麗的倒立煙火，祈求能打倒勇者！」

你、你、你說什麼？

「給我等一下！」

但貝爾・卜普不斷往上飛。眼見貝爾・卜普朝天頂直飛，我設法緊追不捨。

不久後貝爾・卜普輕振翅膀，在空中停下。

「怎樣，女人！這景色很不錯吧！要是從這裡掉下去，全身就會四分五裂！一定會是一發很漂亮的倒立煙火！」

即使如此，羅札利仍以堅定的語氣大喊：

「混帳東西！你給我在這裡向我那些被你這樣殺害的部下道歉！」

「啥？妳知道自己現在的處境嗎？等一下妳也會變成那樣喔！」

「唔！」

無法動彈的羅札利咬緊牙關，接著瞪向我。

「喂！勇者呢？他在哪裡，在做什麼？他不是修練回來了嗎？」

「笨、笨蛋！」

貝爾・卜普一臉疑惑地歪過頭。

「什麼？修練？這麼說來，他該不會要在地上用弓箭之類的射我吧？」

慘、慘了！被察覺了！為什麼這孩子總是說些對自己不利的話！

「那我要飛得更高一點，再把這女人放開！」

貝爾．卜普帶著羅札利再次開始往上飛。我試著追他，可是他這次飛了好久，完全沒有要停下的打算。

——他、他到底要飛到多高啊？

我追上他的同時突然往下看，不禁臉色發青。底下是一片雲海，從雲縫間出現的下界景物變得如塵芥般微小。

騙人的吧！這種高度連魔法弓都射不到啊！再說，聖哉能找到我們現在的位置嗎？

抵達連呼吸都很困難的高空後，貝爾．卜普終於停了下來，用開心的語氣說：

「嘰嘰嘰！到這裡來管你是魔法弓還是其他什麼都射不到吧！好啦，接下來請妳痛快地粉身碎骨吧！」

準備放開羅札利的貝爾．卜普瞄了我一眼，發出「嘰嘰嘰！」的笑聲。

「哎呀！我得使出全力丟向地面，才不會被女神接住！」

糟了、糟了、糟了、糟了！他把我們的計畫都看穿了！如果只是放開是還好，要是他全力一丟，我可沒辦法接住！

「你、你這魔物！太卑鄙了！跟我回地面堂堂正正地一決勝負！」

「嘰嘰嘰！我才不要！接下來是妳要跟地面一決勝負！」

貝爾．卜普用雙手把羅札利扛起來，擺出隨時要投擲的姿勢。

啊啊啊啊啊啊啊！到底該怎麼辦才好？對……對了！

我腦裡回想起聖哉的話，試著說出口。

「天、天氣真好呢……！」

我們之間陷入短暫沉默，接著貝爾．卜普用傻眼的語氣說：

「……妳在說什麼啊？」

嗯，我到底在說什麼啊啊啊啊啊啊？不、不行了！我果然阻止不了他！聖哉，快做點什麼啊啊啊啊啊！

……就在這時，我的視野內出現微微光芒。那一線光明從腳下的雲海中出現，下一秒無聲無息地劃過我的耳邊。

「嗚喔……唔……！」

貝爾．卜普輕聲呻吟……身體同時嚴重失去平衡。本來要將羅札利砸向地面的貝爾．卜普，現在卻無力控制自己的手，放開了羅札利。

羅札利就快隨著地心引力掉落地面……

「喔喔喔！」

我馬上朝羅札利伸出手。她的手碰到我的手的瞬間，我一把將她拉過來，用抱姿接住她。

嗚嗚！穿著盔甲的她好重！不、不過，我勉強接住她了！畢竟我有照聖哉的吩咐，眼睛一直沒離開羅札利！

「……抱、抱歉。」

羅札利在我耳邊低喃。比起這個，我先在腦中整理前一刻所發生的事。

……剛才那個應該是輝光弓！是聖哉射出的魔法箭飛到這裡來了！所以貝爾．卜普才會嚇一大跳，馬上放開羅札利！話說回來，那支箭竟然能射到這麼高的地方，精準度直逼配備光學瞄準鏡的狙擊槍……不，甚至超過了！

就在我為聖哉的才能感動的同時，卻也吃驚地嚥了口口水。

「喂喂……真的假的？光的魔法弓……？竟然能射到這裡？怎麼可能。」

比箭射到這裡更讓人心驚的，是貝爾．卜普閃過了箭……

# 第三十六章　狙擊

貝爾·卜普往光箭射來的方向低下頭，警戒地開口：

「我對魔法弓也做過很多研究～畢竟這是人類唯一能對付我的方法……不過，就魔法弓來說有點奇怪。」

「到底哪裡怪了！」

我抱著羅札利對貝爾·卜普吼道。

「我不是沒頭沒腦地上升。我飛的時候，有好好考慮到魔法弓的有效射程。無論光屬性的魔法弓射程再遠，都不可能從地上射到這裡。即使是魔法箭，多少還是會受到空氣阻力影響。」

「哼！要我告訴你為什麼箭能射到嗎？因為聖哉是一億人中才有一個的天才勇者！」

貝爾·卜普沉默片刻後，喃喃開口。

「……是路西法·克羅。」

「那、那是什麼？」

「是從前曾存在於蓋亞布蘭德的傳說級惡魔。聽說克羅擅長魔法弓，射出的箭可以從艾伊涅斯平原飛到古拉斯特拉山的天際。但我們現在所在的位置，即使只用大致目測，射程也比克羅的魔法弓要長上許多。」

「所、所以我說，聖哉比那個叫什麼的惡魔更有才能——」

「不不不不，我不覺得是這樣～路西法．克羅是傳說級的喔。就算退一百步，讓他們並駕其驅好了，人類還是不可能超越他～可是那個勇者的箭竟然能保持那種威力，飛到這裡。」

「你從剛才開始說這麼多，是想表達什麼！」

我這麼一問，貝爾．卜普就發出更響亮、更刺耳的笑聲。

「我得到的結論只有一個！那就是！他是利用飛行靠近我們後，再射箭的！」

「你說……什麼……！」

蒼蠅怪物用尖銳的手指向下方雲海。

「他就像躲在樹叢中的獵人一樣！現在正藏身在這片廣大雲海的某一角！不，他為了不讓我鎖定出他的位置，應該是一邊躲藏一邊移動才對！」

——這、這傢伙！明明是隻蒼蠅，卻能像聖哉一樣冷靜分析！

我為貝爾．卜普意外的智力感到吃驚，並偷瞄遠方模糊的地面，咬緊牙關。

他的分析……應該是對的！如果不這麼想，的確就無法解釋那支箭為何能保持威力並準確地射向貝爾．卜普！聖哉打完地上的蒼蠅後，發現我們遠離至魔法弓的射程範圍外，用飛的追在後頭！之後就像貝爾．卜普說的，藏身在這片雲海的某處……！

「噯～女神啊～！妳知道這是什麼意思嗎？我在空中的速度是魔王軍裡最快的！沒人能在空中打贏我！也就是說，只要被我掌握到位置，他就沒戲唱了！當我發現在天空飛翔，毫無防備的勇者時，就是他的死期！」

我強裝鎮定，內心卻無比動搖。

怎、怎麼辦，聖哉？你要是沒射中，馬上就會陷入絕境！

貝爾．卜普朝下方大聲挑釁。

「嗨，勇者！讓我見識一下你的弓術吧！我不會逃走，也不會躲起來！」

貝爾．卜普用輕蔑的語氣說，卻留意著隨時可能從雲海飛來的箭。我也偷偷發動女神之力，提高動態視力，掃視底下的流雲。

羅札利從我懷中抬頭看我。

「喂，女神！勇者沒問題嗎？他贏得了嗎？」

「放、放心吧！聖哉說了『一切準備就緒』！他會贏的！一定會贏的！」

……但過了好一會兒，什麼事都沒發生，沉默隨著腳下的雲霧緩緩流逝。

就在我的神經緊繃到最高點時！

遠方的雲層突然出現連續光點！這些瞬間烙印在我眼中的光點，竟然……

——有、有七個？也就是七支箭！這……這難道是……！「光箭七連射」！

真、真不愧是奇才！明明是人類，卻能達到與弓之女神蜜緹絲大人相同極限！而且……蜜緹絲大人曾說：「如果用這一招進行廣範圍的七連射……要完全閃開不被擊中是絕對不可能，這種魔物不可能存在。」！我透過雲層縫隙看到的光點位置非常分散！這一定是計算過貝爾・卜普頭部、手腳、翅膀的位置，針對全身分散射出的！這樣一定躲不掉！就像人類無法完全避開近距離發射的散彈槍一樣，貝爾・卜普不可能閃過！

雖然我很確定聖哉會贏……

「嘰嘰嘰……！『旋轉傾斜迴避（Rolling dodge）』……！」

但我發動女神之力後提升的動態視覺，卻目睹貝爾・卜普像在表演雜耍般扭動身體、旋轉，閃過一支支狀似光線，以超越音速的速度飛來的箭。

我還來不及開口，羅札利先發出呻吟。

「全、全部都被躲掉了！」

「怎、怎麼會……！騙人……！」

怎麼可能、怎麼可能、怎麼可能！不可能！連弓之女神都掛保證的七連射，竟然被閃過了！這世上怎麼會有這種魔物……！

——這就是難度S的蓋亞布蘭德！連神的常識也能顛覆的終極難關！

接著，更沉重的絕望重壓上我的背。在一望無際的茫茫雲海中，只有一個點……因為射出強力的魔法箭而變得晴朗無雲。正如貝爾・卜普的推理，在那裡出現了手拿著光之弓飛翔的聖哉。

「你在那裡啊！勇者！」

糟、糟了！在空中跟貝爾・卜普進行肉搏戰，對聖哉太不利了！他、他會被殺的！

貝爾・卜普朝聖哉急速前進，想把飄在空中且毫無防備的人類碎屍萬段。不過，他突然從口中吐出紫色的體液。

「嗚……啊……！」

「咦？這……這是……？」

相信不只是我，連貝爾・卜普也一定搞不懂發生了什麼事。不過，我很快就明白了。

貝爾・卜普的腹部開了大洞！遲了半晌後，從那個洞裡溢出大量的紫色體液！

等我回過神，發現貝爾・卜普被六隻鳥包圍。那些鳥很類似聖哉以火焰魔法產生的鳳凰自動追擊，卻有些微不同，是發出燦爛白光的光之鳥。

貝爾・卜普再次從口中吐出紫色的血。

「竟、竟然是……光的魔法鳥……！到、到底是什麼時候……！」

沒錯，那絕對是聖哉做出來的！而且有一隻魔法鳥還貫穿貝爾・卜普的肚子！可、可是，他是什麼時候用魔法做出六隻光之鳥的？……等、等一下！六隻？如果把貫穿貝爾・卜普腹部後自爆的光之鳥算進去，總共有七隻，數量跟剛才被閃過的光箭一樣！對喔！原來光箭七連射被閃過後，就在空中變成光之鳥迦樓羅！接著這些鳥掉頭回來，趁貝爾．卜普放輕戒心時偷襲它！也就是……

「『光鳥變化自動追擊（Transformer Automatic Garuda）』……！」

事到如今，貝爾．卜普應該也察覺到聖哉的戰略了。

「你這個……混帳……！」

貝爾．卜普憤恨地低喃，不過這成了他的最後遺言。貝爾．卜普動作變得遲鈍，光鳥則從四面八方撞上他，瞬間引發爆炸，散發出無比高熱與刺眼強光。等強光消失後，映入我眼中的是貝爾．卜普全身焦黑，往地面墜落。

……我身上泛起雞皮疙瘩。

這、這個勇者究竟是何方神聖？學會了號稱人類無法辦到的神技光箭七連射……卻依然不滿足，連箭被全部閃過的情況都事先預想到了嗎？連弓之女神都說沒有魔物閃得過，照理來說應該沒人會懷疑這句話吧？不過……不過這個勇者……完全沒在聽人說話啊！

飄浮在遠方的聖哉看到貝爾．卜普墜落後，臉上不見一絲欣喜，下降到雲層中消失了。

——不過也罷！沒關係！這才是龍宮院聖哉！能拯救救世難度S的世界——蓋亞布蘭德的，只有這個神的話也不為所動，貫徹自己相信的謹慎的男人了！

我帶著默默不語的羅札利，追在聖哉背後。飛回馬修和艾魯魯等著的樹林後，我一開口就對聖哉說：

「我看到了喔！光鳥變化自動追擊好厲害！」

「光鳥……？那是什麼？」

「啊……抱歉！這名稱是我想的！嗳，剛才那一招叫什麼？我是指光箭變成鳥的招式！」

「喔，妳是指『變鳥回來砰』嗎？」

「！這名字遜爆了！你的命名品味怎麼突然變了？」

「沒什麼，我至今為止都沒特別想過。」

「不、不然我把我想的給你好了。你儘管拿去用……」

「哼，妳是說光鳥……什麼的？名字不是只要長就好了。」

「至少比『回來砰』像樣吧！」

這時馬修和艾魯魯推開吐槽到一半的我，衝到聖哉身邊。

「哎呀～師父果然很厲害呢！」

「就是啊，聖哉天下無敵呢！」

兩人齊聲讚頌聖哉。而在一旁，羅札利被巴特和士兵們圍住。

「嗚嗚！羅札利大人，幸好您平安無事！」

面對感動萬分的士兵，羅札利只簡短地說了句「讓開」，然後朝我們走來。我還以為羅札利是要來感謝我們救她一命，她卻用冷淡的眼神看向聖哉。

「你果然不是勇者。用那種像偷襲的贏法違反騎士原則。真正的勇者會不顧自己的性命，堂堂正正地正面迎敵，就像我父王一樣。」

羅札利連珠炮似的抨擊聖哉。這一刻，我身為女神的理智瞬間斷線。

「我說妳啊！妳是多虧聖哉才得救的吧！說句感謝的話也不為過吧！」

我表示憤慨，聖哉卻用手擋在我面前。

「聖哉？你也說句話嘛！」

不過勇者冷靜地說：

「隨她去吧，莉絲妲。」

「可、可是……！」

「只是小狗在亂吠罷了。」

羅札利頓時臉色大變。

「誰、誰是小狗啊！我才沒有亂吠！」

嗚、嗚哇……！這個勇者果然很猛……！只用一句話，就造成比痛罵一百次更大的傷害……！

「嗚嗚……」羅札利原本快哭了……

「啊！羅札利小姐又變得像小狗一樣！」

不過，當她發現艾魯魯充滿期待的眼神後努力忍住，鼻翼抽動幾下就默默離去。巴特一行人行了一禮後，追上羅札利。

聖哉大大地呼出一口氣。

「……來解決剩下的蒼蠅吧。」

沒錯，雖然聖哉打倒了貝爾・卜普，但在巢穴周圍還有超過一百隻部下巨蠅飛來飛去，不能就這樣放著不管。

這勇者還真嚴以律己，即使打倒頭目也不得意忘形，依舊保持警覺。當我感到敬佩時，聖哉把手放在馬修和艾魯魯的肩上。

「馬修、艾魯魯，輪到你們出場了。」

這句話太出乎意料，讓我們嚇了一跳。

「我眼睛可沒瞎，至少知道你們靠修練得到了新能力。」

「師、師父……！」

「聖、聖哉……！」

「走吧，讓我見識你們的力量。」

「好、好！我會加油的！」

「我也是！我也要表現一下！」

兩人興高采烈地跟著聖哉來到巢穴，聖哉卻反覆使出光箭七連射，不一會兒就把殘存的巨蠅掃蕩一空。

「聖哉……？」

「咦……咦咦……？師父？」

兩人望著上百隻巨蠅的屍體散落在四周，茫然失措。

聖哉看向艾魯魯。

「好。那麼艾魯魯，用迅速讓馬修動作變快。」

「啊……唔、嗯。」

馬修開始因迅速而動作變快後，聖哉指示他讓龍之手出現。

「接下來換馬修。你用那隻大手，將蒼蠅的屍體集中到這裡。」

「啊……好。」

馬修用迅速的動作收拾巨蠅的屍體，集中到聖哉用樹枝畫出的大圓裡。

「嗯，多虧有迅速，效率真高，看著就覺得爽快。」

聖哉非常滿意，最後用地獄業火(Hell Fire)將堆在一起的蠅屍燒個精光。

「你們兩個很有用嘛。」

這應該是聖哉發自內心的稱讚，不過兩人卻失望地垂下肩膀，低著頭。尤其是馬修還一直盯著自己的手，喃喃說道：「我是掃把嗎……」

他們太可憐了，我正在煩惱該對這兩人說什麼才好時，忽然聽到馬蹄聲。回頭一看，發現羅札利正騎在白馬上俯瞰我們。

「哼，那些殘黨就算你不出手，我們羅茲加爾多騎士團也會負責討伐。」

我瞪著羅札利時，巴特則在一旁插嘴。

「羅、羅札利大人！您必須把那件事告訴勇者大人！」

「我、我知道！雖然你是個讓人火大的傢伙，不過我有情報要告訴你！」

羅札利深吸一口氣，讓自己冷靜下來。

「……聽好了，在伊札雷村附近的祠堂裡有『傳說之鎧』。那是你們打倒魔王所需的道具。」

「『傳說之鎧』？」

巴特點點頭。

「是的。據說那是古代的大賢者穆斯塔夫，為了蓋亞布蘭德將來的危機而事先準備的盔甲。我們本來打算先告訴您這件事，不巧遇上巨蠅襲擊要塞，順序就顛倒了。」

「羅茲加爾多的人一直守護神聖的『傳說之鎧』到現在，你就心懷感激地收下吧。」

羅札利趾高氣昂地說完後，聖哉一臉狐疑地問：

「真的嗎？不會是什麼受詛咒的盔甲吧？」

「你……有在聽我說話嗎？我都說了，那是大賢者所準備，羅茲加爾多的臣民守護的『傳說之鎧』！怎麼可能會受詛咒！」
「不，也可能是『神聖傳說的受詛咒之鎧』。」
「？哪有那種盔甲！」
羅札利大吼一聲後，用力搖頭。
「為什麼這個神經質到有病的傢伙是勇者啊……？真是沒道理到極點了！那副盔甲本來應該由跟父親一樣的真正強者來穿才對……！」
羅札利不服氣地低喃後，拉起韁繩轉換方向。在那之後，她正眼也不瞧我們一眼，直接策馬前進，只有巴特和士兵們向我們道謝。羅茲加爾多騎士團從我們面前離開了。

「……好了。」我轉頭看向聖哉。
「那麼聖哉，我們接下來要回伊札雷村拿那副盔甲……順便在那裡休息一下吧？」
原本從龍的洞窟出來時，我就打算這麼做，不過後來馬上被找去討伐巨蠅了。
「嗳，偶爾也需要喘口氣喔！今天就放鬆一下吧！」
我這麼說完後，馬修和艾魯魯笑顏逐開。
「說的也是。魔法弓讓我消耗不少ＭＰ，去旅社休息一下好了。」
連聖哉也難得坦率地表示贊成。

不知道是否因為真的累了，我感到一股寒意。聽到聖哉答應，讓我鬆了口氣。

「那我們去村子裡吧！」

我詠唱咒語叫出門，準備前往伊札雷村。伊札雷村小歸小，但飄散著祥和的氛圍，應該能讓我們暫時得到平靜，好好休息才對。

不過，當我開門來到村裡，全身頓時繃緊。

……剛才我感受到的寒意並非因為疲憊，而是女神的直覺化為寒意來警告我。

……農地遭到破壞。

……民宅崩塌殆盡。

伊札雷滅村了。

# 第三十七章　能殺勇者之物



伊札雷村完全變了個樣，讓我一時以為把門開錯地方。村子彷彿遇上了重大天災般化為廢墟。

「這是怎麼回事……！」

馬修茫然低語，艾魯魯則以手遮口，說不出話來。

——難、難道是魔王軍？可是，他們何必襲擊這麼小的村子？

聖哉只用食指指向遠方。我一看，有一絲白煙正冉冉升空。

「有人在，但說不定是陷阱，要小心點走。」

就如聖哉所說，把村子搞成這種慘狀的凶手可能就在那裡。我們靜靜地朝那裡走去。

等走近後，我們找到了煙的來源。我們以前為了買火把，由矮人經營的那間道具店裡正熊熊冒出火焰。

「噯……！你、你們看那個……！」

艾魯魯擠出聲音。比起冒煙的房子，屋旁的怪物更吸引我們的目光。

那裡有隻巨大的烏龜怪物，在猶如屋頂的龜殼下有看似堅硬的土色皮膚。這隻烏龜非常大，跟變身後的龍王母不遑多讓。牠正張開大嘴，露出滿嘴尖牙，打算襲擊矮人老闆。

「糟、糟糕！那個矮人大叔會被殺！」

「我們得救他才行！」

我和馬修出於本能衝了出去，擋在矮人老闆與巨龜之間。

「你還好吧，大叔！」

馬修轉身一看，身材微胖的矮人老闆微笑著說：

「嗯，我不要緊，你不用擔心。這個怪物不會襲擊我，因為它是我叫出來的。」

「啥？」

「牠是金剛神龜，是我從別的世界召喚來的魔物。」

聖哉不知何時已拔出白金之劍。劍尖指向的不是烏龜怪物，而是矮人。

「……你是誰？」

身材嬌小的矮人帶著不變的笑容，報上名號。

「我是魔王軍參謀兼四天王……召喚師奇爾卡布爾。」

「四、四天王……！」

我喃喃自語。

「噫……！」

艾魯魯則後退一步。奇爾卡布爾撫摸金剛神龜的喉頭。

「勇者大人，自從您來過這村子後，我用能看透千里的水晶球看到了您活躍的表現。哎呀，您擁有不像人類的驚人力量，還頭腦聰明，深思熟慮。對我們而言，您是一大威脅。」

「所以你才召喚了那隻烏龜？為了打倒聖哉！」

「不不，那是兩碼子事。我會召喚出金剛神龜，是為了這個原因。」

奇爾卡布爾「叩叩」敲了金剛神龜的喉嚨兩下，金剛神龜就張開有利牙的大嘴，接著從嘴裡掉出一堆東西。從金剛龜口中掉下的似乎是某種碎片，發出比黃金還燦爛的光輝。

「穆斯塔夫祠堂內的『傳說之鎧』——是用蓋亞布蘭德最堅硬的物質『金剛石』所打造的盔甲，別名『金剛之鎧』。這盔甲連魔王陛下的攻擊都能擋下，本來應該不會碎。除非遇到唯一一個身體性質相同的召喚獸金剛神龜……」

「難、難道……！」

我低頭看向金剛神龜吐出的金屬碎片。

「那是牠剛才吃掉傳說之鎧後的碎片。我趁你們拿到前，先解除祠堂的封印，破壞掉盔甲了。」

怎、怎麼這樣！拿不到最強的武器伊古札席翁，連傳說的防具也被破壞了？這樣不就……！

「魔王陛下是最強的。但如果你要打倒魔王陛下，哪怕只有那麼一點可能性，你也必須死在這裡。」

尾音剛落，金剛神龜發出「嗚喔喔喔喔喔喔！」的吼叫聲。

我們擺出預防攻擊的動作，奇爾卡布爾則笑嘻嘻地搖搖頭，把手放在金剛神龜粗壯的腿上。

「你已經沒用了，消失吧。」

他一說完，那隻巨大烏龜漸漸褪色，彷彿溶化般從世上消失。

「什、什麼？難道你要跟聖哉戰鬥嗎？」

我瞪著小小的矮人，奇爾卡布爾卻依舊掛著和藹的微笑。

「怎麼可能，他不是我能打贏的對手。當然金剛神龜也是。我有說過吧，我一直在觀察勇者，研究勇者。」

奇爾卡布爾用看似有所領悟的表情繼續說：

「除了我以外，還有一個最後的四天王伊雷札．凱傑爾。他的攻擊力和防禦力都超過二十萬，是鬼神的化身。但即使如此，他應該還是贏不了吧。」

……咦？這、這個矮人到底在說什麼？

「從這個勇者身上，我感受到超越理論與道理的強大力量。那是魔王陛下也有的力量。我不知道該怎麼形容，總之應該說是『掌握世界命運之力』吧，那跟我們這些凡夫俗子所擁有的力量截然不同，所以……」

奇爾卡布爾一邊說一邊拿起身旁的兩個包裹，放在我們面前。

「請看看這個。」
他像送上水果一般打開那兩包東西，我們看到內容物後……
「不——————！」
艾魯魯發出慘叫，我也悄悄發抖——是以前在道具店見過的年邁女性與小男孩的頭顱。
「這是我妻兒的首級。」
「騙、騙人！這一定是假的！」
我大叫起來，奇爾卡布爾則憐愛地撫摸男童矮人的頭顱。
「長得跟我很像吧？這的的確確是我妻兒的首級。」
「為什麼？為什麼要做這種事？」
「因為我必須以心愛家人的首級，以及伊札雷村所有村民的生命作為媒介，施展出我最強大的召喚魔法，打倒勇者……！」
奇爾卡布爾的笑容中透出一絲瘋狂，我全身寒毛直豎。
「好奇怪……！太奇怪了……！」
「沒錯，要是不脫離常軌就贏不了。我領悟到這位勇者的威脅就是如此大。魔物也是有感情，我很悲哀，很難受，也很痛苦。但即使如此，聽到魔王陛下對我說：『奇爾卡布爾，你去除掉那個勇者。』我覺得很光榮。當然，我的妻兒都是理解這個想法後死的。你們看，這個了無憾恨的遺容很棒吧？」

「你、你不惜做到這種程度，到底想叫出什麼？」

「是『能打倒勇者的最惡』。在『那個』面前，無論你多有智慧、才能和力量，都毫無意義。就連你特地去龍之鄉取得的伊古札席翁也發揮不了作用。」

他連伊古札席翁的事都知道！不、不過他好像還不知道那是假的……！

「師、師父！最好趁現在打倒這傢伙吧！」

「不，恐怕已經太遲了。不管殺不殺，他說的召喚術應該都會發動，所以他才會像這樣出現在我們面前，而且連一絲動搖也沒有。」

「您說的沒錯，一切都已經太遲了……來吧，以伊札雷的所有村民、我摯愛的家人及我自己——召喚師奇爾卡布爾的性命作為代價！從異次元現身吧！超概念死神——克羅斯德・塔納托斯！」

超……概念死神……克羅斯德……塔納托斯……？

奇爾卡布爾接著以從懷中掏出的匕首，劃破自己的喉嚨！

「你、你幹嘛！」

從大大裂開的喉嚨溢出漆黑混濁的魔物血液，在地上逐漸形成一灘血窪。身受致命傷的奇爾卡布爾即使雙膝跪地，仍滿足地望向天空。

「魔王陛下……！請將這世界變成我們殷殷期盼的……魔界……吧……」

奇爾卡布爾說完就趴倒在地，一動也不動。

「死、死、死了嗎？」
聖哉不確認屍體，低聲對我說：
「莉絲妲，打開往神界的門。」
「咦？現在？明明什麼都還沒發生啊！」
「別說了，快開。他那份自信非同小可，先打開比較保險。」
「我、我知道了。」
然而，就在我要開門時，在地上由奇爾卡布爾的血形成的血窪中，突然有東西爬了出來。那跟漆黑血液同色的黑影隨即化為人形。
「這、這是……克羅斯德．塔納托斯？就是奇爾卡布爾以生命召喚出來的超概念死神嗎？」
它的外表很詭異。嬌小身軀完全包覆在黑色斗篷裡，兜帽中露出的臉也是一片漆黑，猶如空洞。名稱明明是死神，手中卻抱著大大的鐵十字架。象徵不祥的死神拿著神聖的十字架，感覺實在很矛盾。
這外貌陰森的死神究竟潛藏著多強的力量？
我對眼前的敵人使用能力透視……

**克羅@德．塔k托z8z**

LV：umu? ɤg啊

HP：縺r優ﾋu縲ak　MP：嗯≭pN・B≭RESANI・SO

攻擊力：%9rr6%87%…　防禦力：遏慧C6WAKA〉　速度：c8o蟠6凬・」〉JIM9C敢

耐受性：KE≭KU・arU`)YO#@・I

特殊技能：7s%〈ЬDSOKt-

特技：8T2髒e・RA1NEJ-

性格：L1隆dreMO°晲L・TA鮎MO

「……啥？」

我懷疑自己的眼睛。但即使再次發動能力透視，依然無法解讀克羅斯德・塔納托斯的能力值。

「這、這是怎麼搞的！看不到數值！可能會有這種事嗎，聖哉？」

「嗯，我看到的數值也是亂碼。」

「難道這是像你的偽裝（Fake）技能嗎？」

「不，感覺上不是，那一定是它原本的能力值。」

「咦咦？這些亂碼是它原本的能力值？這、這是怎麼回事？」

「……代表已經脫離常軌了。」

我們正在交談時，塔納托斯將大十字架的底部「咚」的一聲叩在地上，這一瞬間，地面裂出一條大縫！

「是、是土屬性魔法！」

我大叫的同時，龜裂高速逼近聖哉，想用造成的裂縫吞噬聖哉！不過……勇者已經浮在半空中了！

好、好厲害！在不知道對方能力的情況下先飄浮起來！有夠謹慎！

聖哉謹慎到彷彿有預知能力的行動，讓我發出讚嘆。但下一秒，從裂開的地面中放出閃電，劈向飄浮的聖哉！

面對從地底發出的雷魔法——

「雙刀流裂空斬（Double Wind Blade）！」

聖哉立刻從腰際拔出劍，使出對空技能。他利用白金之劍雙刀流裂空斬產生的風壓，改變雷電的軌道，藉此閃過攻擊，更順勢對塔納托斯使出另一記裂空斬。塔納托斯大概沒料到會這樣，被這招打得正著，身體直接裂成兩半。

馬修和艾魯魯衝向聖哉。

「師父！不要緊吧？」

「嗯，沒問題。」

「話、話說那是怎麼回事？閃電竟然從地面跑出來？太奇怪了吧？」

土屬性魔法發動後，從地面產生雷魔法……的確正如艾魯魯所說，那是超越魔法原理的攻擊，不過……

「總之不管怎樣，看來是打倒它了。」

我放心地這麼說，聖哉卻用銳利的眼神注視變成兩半的塔納托斯。

「喂，莉絲妲，妳在做什麼？趕快把門叫出來。」

「咦？可、可是……」

「快點，叫出來後就把門打開。」

「唔、嗯。」

當我終於叫出門並打開門時，身體應該被切成兩半的塔納托斯上半身緩緩飄起，迅速再長出下半身。更令人吃驚的是，另一截下半身也生出新的上半身。

「呃！它分裂成兩個了！」

「那、那是什麼啊！」

這時，其中一個塔納托斯將十字架對準聖哉，發射類似輝光弓（Shining-Arrow）的光箭！聖哉將身體向後仰避開光箭，不料另一個塔納托斯也舉起十字架逼近聖哉！這次它要用巨大的十字架當武器毆打聖哉。聖哉退後幾步，想拉開充足的距離迴避攻擊，但十字架忽然伸長！伸縮自如的十字架快碰到聖哉的胸口時，突然停止。還以為能僥倖逃過一劫，下一秒十字架的尖端連續射出子彈般的冰柱！

「唔！」聖哉悶哼一聲。他揮劍想彈開冰柱，可是數量太多，其中一發從十字架產生的冰結魔法命中他的腹部。他彈飛出去，摔倒在地。

「聖、聖哉！」

這是我第一次看到敵人的攻擊命中聖哉。不過聖哉立刻站起身，重整態勢。

兩個塔納托斯緩緩轉向我們，一邊走一邊疊合身體，再次融為一體。

聖哉將手上的劍收回劍鞘，朝塔納托斯舉起雙手。

「爆殺紅蓮獄（Maximum Inferno）……」

凶猛的烈焰吞噬塔納托斯。雖然那是燃盡一切，極為強烈的業火，聖哉卻似乎很確定這招無法撂倒對方，發動後迅速接近馬修。

「咦？師父？」

他將不知所措的馬修一把扛起，扔進打開的門內！

「嗚哇——！」

被丟出去的馬修消失在門的一頭。聖哉隨即又抱起艾魯魯……

「啊哇哇哇！」

同樣迅速把她扔出去。接著聖哉衝向我。

我、我也會被丟進去嗎？好吧！要溫柔一點喔！如果可以，麻煩用公主抱將我丟出去，拜託你了！

可是，聖哉高高舉起右腳！下一秒，那條長腿的腳尖深深陷入我的腹部！

「嘔咦啊啊啊啊啊啊啊啊啊！」

這一腳的衝擊讓我彈飛到門的另一頭，痛到快昏了！聖哉也緊追著我，同時衝入門內！

一到神界就立刻把門關上！

我在神界的廣場滾了好幾圈後吼道：

「喂——————！幹嘛踢我啊？你怎麼只對我這麼過分！」

但聖哉的樣子不同於以往。他摀住遭冰彈擊中的腹部蹲下，默默不語。

「怎、怎麼了，聖哉？你不要緊吧？」

「嗯，還好。不過……傷得很重。」

我、我真笨！聖哉是被塔納托斯攻擊受了重傷，只能逃回神界的危急狀態！明明如此，他沒扔下馬修、艾魯魯和我，把我們一起帶回來了！

「這是我第一次被敵人傷到，得趕快回復才行。」

「讓我看傷口！我馬上治好你！」

「麻煩妳盡量快一點。」

聖哉脫下盔甲，露出傷口。

「……咦？」

我頓時愣住。聖哉的腹部只有一片像擦傷的淡紅色痕跡。

「請問……順帶一問，這在能力值的數值上是多大的傷害？」
聖哉用苦澀的表情回答：
「原本有300000之多的HP……現在只剩下299900了……」
「！這哪裡是重傷啊！」
我開口吐槽，但聖哉很認真。
「HP要一直保持全滿，我才能放心。總之趕快治好吧。」
我一方面對他一如往常的謹慎感到傻眼，另一方面對他的HP高達300000感到吃驚。
我施展治癒魔法，治好了那片擦傷。
「不過，即使只是小傷，我沒想到它竟然能讓師父受傷。那傢伙到底是什麼啊……」
聽到馬修這麼說，艾魯魯也點點頭。
「那東西真是亂七八糟，不論是魔法的規則還是生物的法則，它都完全無視……」
我從他們的話中感受到恐懼，因此開口為他們打氣。
「沒關係，我們先在這裡慢慢思考對策吧！統一神界位於不同次元，絕對很安全！」
我才剛說完，廣場上的男神和女神開始騷動。
「這、這種感覺是什麼……？」
「這難道是……邪氣？到、到底發生了什麼事？」
男神和女神神色緊張地四處張望。

「那、那是什麼？」

其中一個男神指向某個地方。我一看，是廣場的噴水池上方出現了黑色漩渦。

——該、該、該不會……！

我的不祥預感成真了。最先從黑色漩渦中出來的是巨大的鐵十字架，然後死神也跟著爬出來！

「怎麼可能？竟然從蓋亞布蘭德追來統一神界！」

前一刻想鼓勵馬修和艾魯魯的我，現在面無血色，雙腿發抖。

不、不可能！它居然突破了次元！這……這根本是神話等級的魔物啊！

這次換艾魯魯和馬修開口為自己打氣。

「不、不過不過！不管敵人再怎麼可怕，應該都有弱點！」

「是、是啊！艾魯魯說的沒錯！不可能有無敵的怪物！」

沒錯！身為女神的我怎麼能慌了手腳！我們還有聖哉！聖哉一定會想辦法解決這怪物才對！不，說不定他已經……

「聖哉！塔納托斯有什麼弱點？你應該已經察覺到了吧！」

然而，勇者在我們熱切的注視下，低喃地說：

「……不知道。」

「「「咦？」」」

「……我完全不知道要怎麼贏過它。」

「聖、聖哉？」

「師父？」

嗚哇啊啊啊啊啊啊！快告訴我這不是真的啊啊啊啊啊啊！聖哉竟然說出這麼軟弱的話！沒輸了！這下完全沒輸了！

……突然出現的魔物，讓統一神界化為慘叫連連的地獄。

……緩緩鑽出黑色漩渦的超概念死神，扛著十字架朝我們步步走來。

廣場的天使們發出慘叫，像無頭蒼蠅般四處逃竄，而我們腦中也同樣一片空白。

# 第三十八章　天獄門

克羅斯德．塔納托斯突破次元，緊追聖哉而來。我們無技可施，只能不斷後退。

不過在這看似絕望的情形中，出現一絲曙光。

「……給我們等一下，魔物。」

統一神界的男神和女神擋在塔納托斯面前，以正氣凜然的聲音喝斥道。現在終極怪物被廣場上的神們團團包圍。

「我不知道你究竟是從何處混入統一神界的……」

「不過這裡不是你這種異形該來的地方。」

「邪惡就該消滅！」

喔喔！是風神弗拉拉大人、雷神歐蘭德大人還有水神奇歐魯涅大人！那些大名鼎鼎的神竟然齊聚一堂！太幸運了！或許他們能幫忙解決掉這個死神！

彷彿在回應我的期待，弗拉拉大人詠唱風魔法，歐蘭德大人降下雷電，奇歐魯涅大人則用冰柱猛砸……然而，塔納托斯若無其事地繼續朝我們緩緩前進。

「完、完全無效啊……！」

不只是火，連風、雷、水也起不了作用！真的有魔法能傷到它嗎？

「噯……莉絲絲……」

艾魯魯用不安的語氣叫我。雖然很想對她說「沒問題！」，但現在的我連對自己是否能擠出笑容都沒自信。我還在猶豫該怎樣回應艾魯魯時——

「莉絲姐！喂！莉絲姐！」

這次換馬修搖晃我。

「妳看那裡！師父他……！」

「咦……？」

我順著馬修和艾魯魯指的方向看去——聖哉一溜煙地先跑掉了。

「……唔！那、那個傢伙！給我等一下！」

我們追向聖哉。從行進方向來看，似乎是朝著神殿跑去。話說，之前也發生過這樣的事吧！

「你別一個人先逃，可惡——！」

即使我這麼叫，聖哉仍不停往前跑。到了神殿後，他大大敞開門，直接衝進門內。

我氣喘吁吁地來到神殿入口時，突然在意起背後的情況，回頭一看，發現塔納托斯閃過所有男神和女神的魔法，輕飄飄地逼近到我們的背後。

「嗚哇！莉絲絲！他跟來了啊啊啊！」

「快、快點！快進去裡面！」

我們衝進神殿，關上入口的門。這時，我聽到踩響樓梯的腳步聲，抬頭一看，聖哉正快步衝上通往二樓的階梯。

我正打算去追他時，門「砰！」的一聲打開，死神現身。

「噫咿！竟然進到神殿來了！」

不過，有個外貌精悍，如守衛般站在門旁的男神擋住其去路。

「你這個該死的魔物，竟然進入這座神殿！就讓我拳神阿爾克斯用超級無敵拳將你打成碎片……哇呀啊啊啊！」

「沒、沒想到你打敗了阿爾克斯！接下來由咱這個相撲之神來當你的對手！神技・百烈掌摑……呃啊啊啊啊！」

有許多正巧在神殿裡的神紛紛挑戰塔納托斯。攻擊當然全部都無效，但至少拖延了死神的腳步。我們也跑上樓梯。

「聖哉！給我等一下！」

勉強拉近了跟聖哉的距離。

「那傢伙基本上是衝著我來的，你們隨便找個地方躲起來就好了吧。」

「我、我怎麼能丟下你一個人啊！」

爬到二樓後，聖哉仍繼續在走廊上衝刺。這時，他面前出現很眼熟的鬍子肌肉男——劍神賽爾瑟烏斯端著一個裝著完整大蛋糕的盤子。

「嗨！你又回來啦！看，這是我剛剛做好的新蛋糕！是我花了很多時間拚命做出來的，非常非常好吃的蛋——」

「我不吃，讓開。」

聖哉拿起賽爾瑟烏斯遞出的蛋糕，直接往他的臉上砸。賽爾瑟烏斯大喊著：「蛋糕啊啊啊啊！」並當場跌坐在地。我跟馬修、艾魯魯則從滿臉蛋糕，倒在地上的賽爾瑟烏斯身旁跑過去。

太、太慘了！下次有機會的話，我會吃蛋糕的……！

當我下定決心時，眼前又出現一個認識的女神。

駝背繭居族兼連擊劍高手的軍神雅黛涅拉大人，用帶著黑眼圈的憔悴臉孔露出笑容。

「聖、聖、聖哉……！你、你回來啦……！」

聖哉停下腳步，對雅黛涅拉大人說：

「雅黛涅拉，妳去阻止我身後的那個傢伙，這樣我下次就陪妳玩。」

「咦……真、真、真、真的嗎……！」

雅黛涅拉大人從劍鞘中拔出劍，瞪著往這裡過來的惡黨。

「聖、聖哉由我、我來保護！」

她擺出宛如在畫圓的獨特姿勢。

「就、就讓你見識一下……！真、真……連擊劍……！」

雅黛涅拉衝進逼近而來的塔納托斯懷裡，開始揮劍，產生的殘影數量可媲美聖哉的雙刀流連擊劍，甚至更多！一眨眼就把塔納托斯的身體砍得支離破碎！

——喔喔喔！真不愧是正宗連擊劍！速度和威力都好驚人！

然而連擊劍每砍一次，塔納托斯就分裂一次！兩個變四個，四個變八個，八個變十六個，十六個變……

我忍不住對雅黛涅拉大人喊道：

「不行，分裂得太多了！快住手！」

但雅黛涅拉大人一邊持續砍著，一邊對我露出困擾的表情。

「我、我沒辦法……中途……停止……」

聖哉拍我的肩膀。

「不行，我想的沒錯，完全派不上用場，快逃吧。」

說「我想的沒錯」也太過分了！我這麼想著，拋下雅黛涅拉大人開始狂奔。當我在意起背後一回頭，分裂的塔納托斯多到塞爆神殿的走廊，踩扁了雅黛涅拉大人。不久後，分身被中央的本體吸收融合，再次對我們展開追擊。

——話、話說回來，沒想到連軍神雅黛涅拉大人也完全傷不了它！到、到底該怎麼辦才好？

跑過漫長的連接走廊後，聖哉又跑上通往三樓的階梯。

「聖哉！一直亂逃也不是辦法啊！」

眼見無敵的魔物步步進逼，我的腦內不知何時陷入恐慌。

「啊啊！真是的！該怎麼才好啊啊啊！」

我泫然欲泣地放聲大喊後，聖哉回頭看我。

「冷靜一點，莉絲妲。」

「做不到！你不也說『完全不知道要怎麼贏過它』嗎！在這種情況下要怎麼冷靜啊！」

即使被塔納托斯追著跑，聖哉依然一如往常，用冷靜的語氣說：

「我的確說過『完全不知道要怎麼贏過它』，不過我已經準備好『碰上完全不知道要怎麼贏過它的敵人時的處理法』了。」

「……咦？」

「聽說那傢伙的興趣是畫圖，真是人不可貌相呢。」

「啥？你在說什麼？『那傢伙』究竟是指誰？」

「聽說那傢伙正在能一覽神界全貌的神殿屋頂上畫畫。」

「所以是誰啊？」

不知不覺間，我們已經爬完漫長的階梯，聖哉伸手打開階梯盡頭的門。

「莉、莉絲絲！聖哉！不行！它已經追上來了！」

艾魯魯在背後大叫跟聖哉大大打開門幾乎同時。

門一打開，強風就迎面吹來，晃動我的劉海。在視野遼闊的神殿頂樓，有個女神正佇立在坡度和緩的石頭屋頂上。

「那、那是……！」

就如聖哉所說，那興趣的確不適合她。

只以鎖鍊纏繞胸部和下半身的破壞女神瓦爾丘雷大人正拿著畫筆，凝視畫布。她忙著專心畫圖，沒有察覺我們來了。

「也、也就是說，聖哉！你要讓神界最強女神去對付塔納托斯？」

「沒錯，不過依那傢伙的性格，就算我們認真求她，她也不會替我們戰鬥，所以……」

這時，塔納托斯開門跳上屋頂。看到聖哉已經放棄逃跑，展開對峙，塔納托斯照例使出會伸長的十字架攻擊。聖哉瞥了一眼背後後，以毫髮之差閃避攻擊，結果伸長的十字架直接刺向瓦爾丘雷大人的畫布，把她畫的圖刺破了！

「很好，一如計畫。」

聖哉低喃說道。

太、太過分了————！這傢伙竟然故意讓塔納托斯破壞畫作！

「……不會……吧……？明明都快……完成了……」

十字架破壞畫作後縮小，回到主人死神的手上。瓦爾丘雷大人用猙獰的表情瞪著破壞畫作的凶手，緩緩起身，渾身散發出銀色的驚人氣場。

「你這傢伙——！看你幹了什麼好事，這個混帳白痴——！我要把你痛扁一頓——！」

這句完全不像女神會說的話，在神界裡迴盪。

「……來這裡，離遠一點。」

聖哉把我、馬修和艾魯魯叫到屋頂的邊緣。走到聖哉面前後，我在意起戰況回頭一看，瓦爾丘雷大人已經貼近塔納托斯，用單手抓住它的頭！

——好、好快！什麼時候接近的？

「你這個小嘍囉……！給我粉身碎骨吧……！」

包覆瓦爾丘雷大人的氣場瞬間膨脹，集中到她抓著塔納托斯的右手上！

「第一破壞術式（First Valkyrie）……『掌握壓壞（Shattered Break）』……！」

喔喔喔！破壞術式？感、感覺好強！

……然而，什麼事都沒發生。一會兒後，塔納托斯的身體變成霧氣般，名符其實地煙消霧散。等瓦爾丘雷大人放開手後稍微後退，它再度變成實體。

「什麼，這傢伙……是靈體（Ghost）嗎？哼，很好！不然就……」

瓦爾丘雷大人這次將手放上纏繞在她胸部的鎖鏈。

「第四破壞術式（Forth Valkyrie）……『幽壞鐵鎖（Astral Break）』……！」

鎖鍊從瓦爾丘雷大人身上延伸出去，像蛇一樣緊緊纏上塔納托斯，將其五花大綁！

原、原來如此！那是專門對付靈體的破壞技！好強！無論什麼敵人都能應付！這樣一定可以……！

不過，從塔納托斯身上散發出來的黑色氣息，將纏住自己的鎖鍊瞬間粉碎殆盡！因為鎖鍊與胸部連結著，反作用力讓瓦爾丘雷大人悽慘地摔在地上！

咦咦咦咦咦咦咦咦！沒、沒有效！連破壞女神的招式都起不了作用嗎？

我陷入前所未有的絕望。

連統一神界最強的女神也無法打倒它……！真是超越一切又毫無弱點，完美無缺的生物……！找遍全宇宙也沒人能破壞它……！

「……呵呵呵……哈哈哈哈哈哈……咯咯咯咯咯……」

跌倒在地的瓦爾丘雷大人突然笑了起來。笑了一會兒後，她忽然態度大變，臉部漲紅且暴跳如雷。

「執行神界特別處置法（order）！伊希絲妲——！」

用足以直達天空的音量大喊。

——是神界特別處置法！她打算解放受限的神力！

瓦爾丘雷大人的氣場瞬間從銀色變成耀眼的銀白色，我知道大女神伊希絲妲大人下達許可了。

——她、她透過神界特別處置法，到底獲得了多大的力量……？

我發動能力透視看向瓦爾丘雷大人……啞口無言。

**破壞神瓦爾丘雷**

**Lv：999**

**HP：9999999　MP：9999999**

**攻擊力：9999999　防禦力：9999999　速度：9999999　魔力：9999999　成長度：999**

**耐受性：火、風、水、雷、冰、土、聖、闇、毒、麻痺、睡眠、詛咒、即死、異常狀態**

**特殊技能：突破能力值上限**

**特技：破壞術式**

**性格：勇敢無畏**

這、這是什麼能力值！這就是統一神界最強的力量！

聖哉應該也有看到能力值，他在我身旁輕輕點頭。

「嗯，其他神根本比不上。不過，神本來就應該像這樣超越人類的認知。」

我從沒看過能力值突破到這種地步！不過，對手是不管什麼攻擊都沒用的傳說級怪物！破壞女神對此究竟會使出什麼招式呢？我們屏息拭目以待！

瓦爾丘雷大人重重呼出一口氣後，將左手輕輕疊上右手腕，對準塔納托斯。就在同一瞬間，一股足以吞噬統一神界的壓倒性氣場噴湧而出！

「接招吧……！最終破壞術式（Omega valkyrie）……『天獄門（Valhalla gate）』……！」

我勉強想像出她手中會出現什麼，但跟我想的不一樣。隨著濃郁的瘴氣飄散而出，在瓦爾丘雷大人頭上出現一座巨大的門。古老的門上有用石膏做的女神頭像。

——這是……召喚魔法？她一定是想從門裡叫出什麼！

不是格子狀的黑色門扉緊閉著，無法窺見門的裡面。不過不久後，那扇門開始冒出瘴氣，緩緩打開。

瘴氣散去後，我看到門裡的東西並感到錯愕。

在門裡的是身披黑斗篷，拿著鐵十字架的超概念死神——克羅斯德．塔納托斯！

馬修和艾魯魯用驚訝的語氣喊道：

「咦————！為、為什麼？為什麼塔納托斯會在門裡面？」

「難道那不是本體，而是分裂出的分身嗎？」

可是這附近都沒看到塔納托斯的分身，只有一個不知何時跑進門裡的塔納托斯，而且它剛才明明還在跟瓦爾丘雷大人交手！

「這、這是什麼招式……？」
就在我喃喃自語的瞬間，門楣上的石膏女神睜開眼睛。原本以為只是雕像的女神臉上流下鮮紅血液，並張開嘴巴。
「嘰咯咯咯咯咯咯咯咯咯咯咯！」
彷彿從地獄深處爬上來的陰森笑聲響徹四周。看到不只是嘴巴狂笑，連眼睛也在流血的女神——
「！那是什麼，好可怕！」
我嚇到快尿出來了。
塔納托斯想從門裡爬出來，黑門卻隨著笑聲緩緩關上，裝在門扉內側的無數利針也刺進塔納托斯的身體。
不管用什麼魔法或物理攻擊都無效的塔納托斯，一被針刺上，就發出彷彿骨頭碎裂「啪嘰啪嘰！嘎吱嘎吱！」的聲響。
「啊……啊啊啊……」
從塔納托斯的臉——漆黑的空洞中突然洩漏出類似喘息的聲音……
「啊啊啊啊啊啊啊啊啊啊！」
然後，還以為沒有感情的死神慘叫起來！
「嘰咯咯咯咯咯咯咯咯咯咯咯咯咯咯咯咯咯咯咯咯咯！」

然而，從女神滿是鮮血的口中發出的狂笑，甚至蓋過了塔納托斯的哀嚎！

「喀鏘……！」

最後，門隨著沉重的聲響關上。不久後，圍繞在門四周的瘴氣消失，門也同時像溶化般消失無蹤。

當我們全都啞口無言時，瓦爾丘雷大人喃喃說道：

「這是超越一切因果，無法迴避，能在打開的瞬間吞噬敵人，直接予以破壞的術式——天獄門。」

# 第三十九章　破壞女神

「在門裡的破壞之針，能讓所有有形或無形的物體粉碎，回歸於根源，沒有例外。」

——天獄門……！真是亂來的犯規技……！

我對葬送無敵死神的破壞術式感到膽顫心驚時，瓦爾丘雷大人忽然單膝跪上地面。

「咦……瓦爾丘雷大人？」

我擔心地靠近一看，瓦爾丘雷大人正喘著大氣，表情很痛苦。

「離我遠一點，莉絲妲黛，已經過三十秒，差不多該來了。」

「三十秒？來了？您、您到底是指什麼？」

下一秒，瓦爾丘雷大人的右肩噴出紅色液體，濺到我臉上。

「這、這是……血、血——？」

我用手一抹，看到黏稠的血液後大叫。除了右肩以外，手臂、腳、腹部……每個地方都出現彷彿被刀子劃破的傷口，不停噴血。

「哇啊啊啊啊……！」

突然出現血腥畫面，讓我跟艾魯魯都抖個不停。瓦爾丘雷大人則渾身是血地說：

「天獄門是……以施術者的生命為媒介。如果是人類，被奪走的生命量……是足以致死的……」

瓦爾丘雷大人一邊喃喃說著，最後「咳！」的一聲吐出血來，像斷線的人偶般倒在地上，一動也不動。

「您、你還好吧！瓦爾丘雷大人！」

我把瓦爾丘雷大人抱起來，她露出恍惚的表情。

「糟糕……這個……會上癮呢……！啊～真舒服……！」

「！還以為您是虐待狂，竟然是被虐狂嗎？」

話說，這神界怎麼淨是變態啊！

擔心她的自己真傻。我傻眼到極點，身旁的聖哉則有所領悟似的點點頭。

「妳剛才執行神界特別處置法不是為了使出那一招，而是為了熬過招式帶來的反作用吧。」

聖哉盯著瓦爾丘雷大人看的眼神不同，應該是發動了能力透視。

我也確認瓦爾丘雷大人體力的增減。

**破壞神瓦爾丘雷**

HP：3198512／99999999

——原本那麼多的體力瞬間驟減！正如聖哉所說！……呃，咦……奇、奇怪……這觸感是什麼？

我在注意瓦爾丘雷大人的能力值時，胸部忽然感覺怪怪的。等我回過神，瓦爾丘雷大人原本倒臥的地方已空空如也。

而在這個時候，瓦爾丘雷大人早繞到我背後，像平常一樣不停揉捏我的胸部！

「噫哇哇哇哇！」

「喂，莉絲妲黛！那個臭傢伙是妳叫來的吧！沒錯吧！」

「是、是的！呃，那個，是這樣沒錯，那個……不要再揉……我的……胸部了！」

馬修和艾魯魯明明都在看……不要啊啊啊啊！

「連畫都被完全弄壞了，爛透了！妳看這個！」

瓦爾丘雷大人一手揉我的奶，一手拿破掉的畫給我看。那張圖好像是幼稚園小孩用非慣用手，在睡著時畫出來的。因為畫得太爛，我一瞬間都忘了自己正在被用力揉奶。

「給我負起這幅大傑作無法完成的責任！現在讓我揉妳的裸奶，看我的！」

瓦爾丘雷大人的手打算從我的洋裝領口直接探進衣服裡！

「裸、裸奶？騙、騙人的吧！等一下，不行啊啊啊啊！」

但過了好一會兒，瓦爾丘雷大人的手遲遲沒探進胸口。等我回過神，發現瓦爾丘雷大人的手被聖哉牢牢抓住。

聖、聖哉？你難道是在保護我？什、什麼嘛！雖然嘴巴上老是抱怨，你……果然還是喜歡我對吧？沒錯吧？是喜歡吧？ＯＫ，我知道了！好，確定兩情相悅了！真拿你沒辦法……好吧……你是特別的……如果是你，下次我會偷偷讓你摸我的……裸、乳、喲……

不過……

「嗚哇！」

聖哉狠踢上我的屁股。因為力道過大，我滾上地面，內褲都走光了。

「你幹嘛突然踢人啊！」

我大喊大叫，但他看也不看我一眼，用銳利的眼神注視著瓦爾丘雷大人。看來他並非想幫我，只是覺得我很擋路。

「瓦爾丘雷，果然是妳。妳才適合當我修練的對象。」

「啊？修練……？你看到了吧，我只有像剛才那樣的招式，基本上都得付出代價。」

「沒關係。」

我整理好洋裝後，站起來大喊：

「等一下，聖哉！你又要在神界修練了嗎？蜜緹絲大人不是才剛教你弓術？這次的速度也太快了吧？」

「既然來了就順便修練。再說這樣下去也不行，敵人越來越強，必須進行更多修練。」

的確，這一次跟塔納托斯的對決如果沒有瓦爾丘雷大人，聖哉根本無技可施。而且可以預期接下來的戰鬥恐怕會跟這次一樣，甚至更困難。聖哉沒拿到最強的劍伊古札席翁，也沒拿到傳說之鎧。為了拯救蓋亞布蘭德，或許只能請這位最強的女神傳授招式了。

「可是瓦爾丘雷大人不是才說過，天獄門這個招式由人類來用必死無疑嗎！」

就在那個瞬間，一股劇痛再次襲上我的屁股。

「啊喔喔喔喔喔！」

我發出不像女神的叫聲，摸著發疼的屁股回頭，發現瓦爾丘雷大人眉頭緊皺。

「不要隨便決定。我不打算把破壞術式傳授給任何人。再說，這也不是教了就能學會的東西。」

聖哉瞪著瓦爾丘雷大人。

「那是妳自己認定的吧。」

「不行，人類不可能學會。」

「來試試看是不是真的是這樣吧？」

「……好煩的傢伙。」

見到聖哉打死不退，瓦爾丘雷大人用力搔搔自己的銀髮。

「話說，你啊，從剛才就一直嚷嚷著修練修練的……你還沒發現嗎？」

「發現什麼？」

我感覺到聖哉的臉色突然變了。
「我是指你自己。果然不知道嗎？既然這樣，我就告訴你吧，聽好了……」
……突然傳來劍出鞘的聲音。下一秒，聖哉的劍抵在瓦爾丘雷大人的喉頭上。
「你想幹嘛？」
瓦爾丘雷大人語帶威嚇，我則焦慮萬分。
「聖、聖哉？你幹嘛突然這樣？」
但聖哉依然用鷹隼般的眼眸瞪著瓦爾丘雷大人。
「沒必要在這裡說那個。」
「喔，這代表你已經知道了？」
「所以我才說想跟妳修練。」
「是嗎？是在知情的前提下嗎……原來如此。」
然後兩人默默互瞪了好一會兒。

咦……？他、他們到底在說什麼？難、難不成她透過女神的直覺，察覺到聖哉沒有能打倒魔王的劍和防具嗎？
我屏息旁觀事情的發展。不久後，瓦爾丘雷大人咧嘴一笑。
「原來如此，的確，這傢伙跟那些普通的勇者不一樣，或許有那麼一點學會破壞術式的可能。」

聖哉聞言後把劍放下。瓦爾丘雷大人一改原本的笑容，語帶威嚇地說：

「不過你聽好，只有天獄門我是絕對不會教你的。」

「其他招也無妨。」

瓦爾丘雷大人轉身離去，看也不看我們一眼地說：

「……十分鐘後來我房間。」

瓦爾丘雷大人離開後……

「唉～又要修練嗎？結果變成這樣啊，今天還想輕鬆一下的說……」

我低喃自語時，馬修和艾魯魯同時扯了扯我的袖子。

「嗳嗳，莉絲姐！那我們可以去阿麗雅那裡嗎？我想繼續上次的修練！」

「啊！我也想去！我想趕快學會新的魔法！」

上次聖哉只讓他們幫忙清理巨蠅殘骸，還以為他們已經厭倦了……沒想到兩人依然幹勁十足。真是單純呢……不過這也不是壞事啦。

「嗯，好啊，阿麗雅一定也會很高興。你們去吧。」

我答應後，兩人朝聖哉和我揮揮手，爭先恐後地跑掉了。

只剩我和聖哉兩人在屋頂上後，我大嘆了一口氣。

「呼，這次要學破壞術式嗎？不過這也沒辦法，畢竟劍和盔甲我們都沒拿到。唉～怎麼會這樣～就算難度是S，也太誇張了吧？這種情形在聖哉的世界應該叫『穩死』吧？」

我看旁邊都沒人，就對聖哉發起牢騷，不過聖哉非但沒附和我，反而潑我冷水。

「抱怨再多也沒用。不管現狀如何，也只能從中找出最好的解決辦法。」

聖哉突然把手伸到我面前。在他張開的掌心上有某樣東西。

「這是傳說之鎧的碎片。我剛才在伊札雷村撿的。」

「這是被那隻大烏龜咬碎的金剛石嗎？你拿這個做什麼？」

「雖然這種大小再也做不成盔甲，不過……」

聖哉從劍鞘中拔出白金之劍改，將劍身與金剛石碎片重疊，再從懷中掏出似曾相識的頭髮，放在劍身上後，白金之劍改忽然發出更耀眼的光輝。

「如果只用在劍的合成上，即使數量很少，效果也值得期待。」

光輝消失後，握在聖哉手上的是一把彷彿在自己發光的神聖之劍。

「這應該叫『金剛斬劍（Adamantiter）』吧？雖然對魔王應該沒用，不過就目前來說，算是最強的劍吧。」

「聖、聖哉……你這個人……！」

看到那把比黃金耀眼的劍，我內心一陣澎湃。不管情況有多糟，我都認為這個勇者一定能扭轉戰局。

我在衝動的驅使下，挽住聖哉的手臂。

「就算跌倒了，你也不會空手爬起來！聖哉果然是最棒的！好可靠喔！」

「……放開我，莉絲妲。」

聖哉感到厭惡，但我不放手。

「嘻嘻！別害羞嘛！我們又不是陌生人！」

「……我叫妳放開我。」

「不行～！因為你還把我的頭髮藏在懷裡！真是的！如果對象不是聖哉，我才不允許別人這樣呢！」

我完全處於戀愛喜劇模式，一邊揮起小粉拳，一邊嬌嗔道：「你這傢伙！」裝出生氣的樣子。但我其實完全沒生氣，反而想抱緊他呢！

「莉絲妲……」

「嗯？怎麼了？」

我內心期盼著跟他卿卿我我的發展，聖哉卻一臉嚴肅地說：

「妳……很臭，所以快放開我。」

「！騙人！我真有那麼臭嗎？是怎樣的臭味？」

「……酸味。」

「這真的就是體味了嘛！我、我去洗澡！」

「隨便妳。我要去找瓦爾丘雷了。」

被聖哉以「體臭有酸味」來形容，我根本無心再搞戀愛喜劇。跟聖哉分開後，我快步前往神殿的大浴場時，在走廊上跟賽爾瑟烏斯不期而遇。他身上冒著熱氣，看來是剛泡完澡。

「哎呀，賽爾瑟烏斯，你也去洗澡嗎？」

我以為剛洗完澡，他的心情會很舒暢，沒想到意外地差。

「呵呵呵……我是去浴場把黏在臉上的蛋糕洗掉啦。沒想到我是用臉……呵呵呵……來吃我的得意之作啊……好笑，真好笑。」

賽爾瑟烏斯自虐地笑了，因此我也陪笑。

「呵呵呵！是喔……好吃嗎？」

「！不，怎麼可能好吃啊！想到特地做好的蛋糕被砸在自己臉上，真的難過得不得了！這件事只在這裡說，我都哭了！」

「是、是喔。真抱歉。」

「唉～」賽爾瑟烏斯短短嘆了一口氣後，突然像想起某件事般開口。

「話說回來，我聽說伊希絲妲大人正在找妳呢。」

「咦！伊希絲妲大人嗎？為、為什麼？」

「是在氣妳們把那種魔物帶來神界吧？」

「嗚、嗚哇！真、真的假的？」

「妳最好趕快去見她喔。」

……雖然非常想洗澡，不過我轉換方向，前往伊希絲妲大人的房間。

我敲敲門，說聲「打擾了」後打開那扇大門。統一神界地位最高的人——大女神伊希絲妲大人跟平常一樣坐在椅子上編東西。

「莉絲妲黛，妳來啊。」

伊希絲妲大人的神情看起來很祥和，讓我稍微放下心來。

「請、請問，您找我嗎？果然是為了那個魔物的事吧？」

「是啊，不過那不是妳的錯，畢竟是對方擅自跟過來的吧？再說，瓦爾丘雷也已經收拾掉了，所以沒事。」

「那伊希絲妲大人，您為什麼找我呢？」

伊希絲妲大人停下編織的手。

「在蓋亞布蘭德，魔王軍最後一位四天王終於有了動作。他打算率領大軍進攻帝都。」

「咦咦！」

我差點說出「是真的嗎！」，但即時忍住。大女神伊希絲妲大人能看到不久後的將來，既然她都這麼說了，就絕對不會錯。

「莉絲妲，接下來才是關鍵。」

「是！我們會加油的！」

「對了……龍宮院聖哉現在正在接受瓦爾丘雷的指導嗎？」

「是、是的……難、難道不行嗎？」

「瓦爾丘雷的破壞術式……是因為沒拿到伊古札席翁和金剛之鎧，才會出此下策吧。」

果然什麼事都逃不過伊希絲妲大人的眼睛。

「我不認為不是神的人類能活用瓦爾丘雷的招式，不過如果是那個勇者，倒是有這個可能性。」

喔喔！伊希絲妲大人也認同聖哉的實力！我身為負責的女神，感到很驕傲！

「不過，距離最後的四天王攻入帝都已經沒剩多少時間了。等時候到了，就儘快前往蓋亞布蘭德。這次我特別准許妳們從羅茲加爾多帝都附近啟程。」

「我、我明白了！非常謝謝您！」

我向伊希絲妲大人道謝，準備走出房間時……

「莉絲妲，那孩子──龍宮院聖哉強嗎？」

突然被這樣一問，我回以笑臉。

「是的！在我至今為止遇過的所有勇者中，他是絕對是最強的！尤其當他完成修練，說出『一切準備就緒』時，讓人非常放心！雖然蓋亞布蘭德是個很嚴苛的世界，不過我相信聖哉一定能拯救那個世界！」

我斬釘截鐵地斷言後，大女神伊希絲妲大人用有些嚴厲的眼神看我。

「莉絲妲黛，妳應該很快就會了解，龍宮院聖哉真正的強悍之處了。」

「咦？您、您這是……？」

這句話究竟是什麼意思？「真正的強悍之處」？我覺得聖哉已經很強了啊……？

我一頭霧水，思考片刻後再看向伊希絲妲大人時，她已經恢復原本慈祥的表情。

「抱歉，打擾妳洗澡，請妳快去洗吧。大概是長途奔波的關係，妳有股像醋的臭味。」

# 第四十章　沒說出的台詞

隔天早上，我從床上坐起身就覺得全身刺刺的，一時之間還搞不懂原因何在。啊，對了，我記得昨天洗澡時，好像刷身體刷得很用力。

噴上香水，穿上剛洗過的白洋裝。

ＯＫ，很完美！我不會再讓別人說我「有酸味」了！

我打開房門，在神殿的走道上前進時，遇到手拿畫布與畫筆的瓦爾丘雷大人。我問了一下，得知現在是休息時間，她打算利用這時候從事她的興趣畫畫──畫那種很爛的畫。

「對了，瓦爾丘雷大人，聖哉的表現如何？」

「……為什麼妳笑得那麼賊？」

咦？我有笑嗎？畢、畢竟按照以往的慣例，每次即使對方說「人類辦不到」，聖哉也照樣會在第二天練到精通！

瓦爾丘雷大人「呼～」的一聲嘆了口氣。

「正如妳想像的，那傢伙的確很了不起～他已經學會幾個破壞術式了。」

「看吧，果然沒錯！嘿嘿嘿！我就知道會這樣～！」

我露出滿臉笑容。

「笑什麼笑啊！」

瓦爾丘雷大人「叩！」的一聲打了我的頭！

「好、好痛！不過……噯噯噯，那勇者果然是天才吧！」

「我都打妳了，妳還不死心啊。」

瓦爾丘雷大人哼了一聲後喃喃說道：

「他的確天生擁有過人的才能。不過光憑這個，無法學會我的破壞術式～聽好了，莉絲妲黛……」

瓦爾丘雷大人一臉嚴肅地低喃：

「問題是在於有沒有決心。」

「決心？」

我好像聽到很意外的詞彙。決心……？聖哉的決心……是什麼？

「妳也該向人家看齊一下。」

「呀啊！」

我的臀部突然傳來痛楚！瓦爾丘雷大人又踢了我的屁股，接著走上屋頂。

我都說別踢屁股了！算、算了，總之這次看起來也很順利呢！

在那之後，我去阿麗雅的房間看看。當我悄悄打開門時，馬修和艾魯魯正並肩而坐，集中精神。

阿麗雅發覺我來了，輕拍了下手，微笑地對兩人說：「我們休息一下吧。」

我趁阿麗雅準備紅茶時，問兩人修練的進度。

「這個嘛，雖然我不太會形容，不過我能感覺到……還差一點就能把體內的力量全部解放了。」

「嗯！我也是～感覺很不錯～！」

兩個人都很開朗，看來都有抓到訣竅了。

「真希望能早點幫上聖哉的忙呢～！」

艾魯魯忽然露出純真無邪的笑容，馬修也頗有同感地點點頭。

「是啊！真希望至少能為師父表現一次呢！」

我們喝著阿麗雅泡的紅茶，聊了一會兒。我覺得有些坐立難安，就離開房間。

……馬修和艾魯魯很努力地在修練。

……沒有聖劍和傳說之鎧的聖哉在摸索打倒魔王的方法。

我心中產生一股類似焦慮的情緒。

回到自己的房間，思考了一段時間後……我終於下定了某個決心。

——好，我決定了！決定好了！既然大家都那麼努力，我也要做點什麼！

回神界後又過了三天。

這天在阿麗雅房內，馬修和艾魯魯都笑嘻嘻的，看起來很開心。

「奇怪？是遇到什麼好事嗎？」

阿麗雅也開心地對我說：

「莉絲妲，他們兩個完成修練了。」

「咦！這就表示？」

「沒錯，馬修學會完全神龍化，艾魯魯也悟出新的輔助魔法『急加速（Quick）』了。」

「你們兩個好厲害喔！」

我大力讚美，兩人則面露靦腆，但阿麗雅用有點嚴肅的表情看著他們。

「艾魯魯，『急加速』是『迅速』的上級魔法，妳的等級還不足以承受它帶來的負擔，因此一天只能使用一次，要仔細考慮使用的場合喔。」

「嗯！阿麗雅大人，謝謝您！」

「馬修，你也一樣，你解開了原本要花好幾年才能解除的封印，所以一旦神龍化後，在幾小時內應該無法再使用。」

「好的！我知道了！」

話說回來，馬修和艾魯魯的成長速度比我預期的還快！現在只剩下聖哉了。相信聖哉一定可以的……！

我一回神，阿麗雅正一臉擔心地看著我。

「噯，莉絲姐，根據雅黛涅拉的情報，聽說瓦爾丘雷大人和聖哉兩個人……一直關在房裡呢。」

「嗯？可是，以前不是也這樣嗎？」

「或許是這樣……但是我也不是很懂瓦爾丘雷大人在想什麼。妳最好還是去看看情況，要是跟蜜緹絲那次一樣，就糟了吧？」

「咦咦咦！妳是指瓦爾丘雷大人會襲擊聖哉嗎？這、這實在是……」

我好像……也無法肯定地說……「不可能」！

我突然感到不安，跑出阿麗雅的房間。

「等、等一下，莉絲妲！」

「莉絲絲！」

馬修和艾魯魯也追在我後面。

我趕到瓦爾丘雷大人的房間後……

「抱歉！打擾了！」

連門也沒敲就把門大大敞開。

「！」

結果看到非常糟糕的景象。

在寬廣質樸的房間中央有一張雙人床。那兩人全身赤裸地在床上交纏。

「你、你、你、你們！在幹什麼啊啊啊啊啊！」

我發出尖叫，但那兩人卻彷彿沒看到我，在近到足以感受對方呼吸的距離凝視著彼此。

瓦爾丘雷用通紅的女性神色對聖哉低語：

「我是……第一次這樣。」

聖哉也用熾熱的視線回望瓦爾丘雷大人。

「嗯……我也是。」

我衝向正在枕邊細語的兩人，把抱著瓦爾丘雷大人的聖哉硬是從她身上拉開。

「喂，莉絲妲，妳幹嘛？」

「那是我要說的話啊啊啊啊啊啊！我還以為你在認真修練……沒、沒、沒、沒想到是做這種事！總之你先穿內褲！給我把內褲穿上——！」

「妳誤會了什麼？這也是修練。」

「到底哪裡是修練了？我可不記得自己叫你做性愛修練！」

為了不讓瓦爾丘雷大人聽見，我貼近聖哉小聲地問：

「嗳、嗳，你是像蜜緹絲大人那次一樣被強迫的吧？是這樣沒錯吧？」

「不，並不是那樣，這次是我們雙方都同意。」

「同、同、同意？也就是說，你也對瓦爾丘雷大人？」

我的嘴巴不停開開闔闔，回頭看向瓦爾丘雷大人。瓦爾丘雷大人依舊坦胸露背，神情有些恍惚。

「唉～我真是的……搞砸了……」

「！你們果然做了嗎？」

這、這絕對假不了！他們越過那條線了！女神跟人類發生性行為明明是禁忌中的禁忌！如果這件事被伊希絲姐大人知道！

「唉，妳不用擔心，伊希絲姐那邊我會去解釋。只要我道歉，她也不會多說什麼。」

的確，這樣做的話，或許能避免聖哉中途退場的最糟結果，不過問題不在這裡。

我對神界第二把交椅的瓦爾丘雷大人狠狠開罵。

「妳到底在想什麼啊！」

「這也沒辦法啊，這傢伙的確是個好男人，所以我才會忍不住這麼做。」

她說的很直白，簡直像是愛的告白，讓我聽了一陣暈眩。

「就、就算這樣……女神跟人類發生性行為是絕對禁止的事啊！」

「啊？妳在說什麼？……真是的，所以我才說妳是個三流女神。」

「妳說我是……三、三流女神……？」

我的理智終於斷線了。

「妳這個跟人類裸體相擁的汙穢女神沒資格這麼說我！」

「莉絲妲黛！妳這傢伙！」

瓦爾丘雷大人一把揪住我的胸口，但我不肯認輸。

「什、什麼嘛！我也很努力啊！瞧，請看這個！我今天還卯足了勁，為聖哉準備了這個！」

我拿出原本要給聖哉的小包裹給瓦爾丘雷大人看。她一臉疑惑地拿起包裹，把裡面的東西倒在手心上。

「……這是什麼？稻草人……不對……好像是用金色的線編成的……」

瓦爾丘雷大人目不轉睛地盯著小人偶看，臉色逐漸起了變化。

「唔、喂，莉絲妲黛……！這人偶用的難道是……！」

「沒錯！那是我拔了一堆頭髮做成的人偶！名字就叫『莉絲妲毛娃娃』！」

「！什麼『莉絲妲毛娃娃』！竟然煞有其事地拿這種東西給我看！妳瘋了嗎？」

瓦爾丘雷大人拿「莉絲妲毛娃娃」丟我。

「我是認真的！雖然拔頭髮很痛，但想到是為了聖哉，我還是拚命拔了！」

「妳、妳這傢伙……！真是個令人發毛的可怕女神……！」

「！不，這不是那種東西啦！這非常有用！」

瓦爾丘雷大人看我的眼神變了。

「沒想到莉絲妲黛是這麼糟糕的傢伙。以、以後還是別揉妳的奶好了……」

她的眼神彷彿看到變態一樣。而從我的背後──

「莉、莉絲妲……妳那是認真的嗎……」

「莉絲絲……這有點……再怎樣也用不著……」

傳來馬修和艾魯魯害怕的聲音。

為、為什麼？為什麼事情會變成這樣？我只是想說合成時需要，才會……！

我再次看向手上的禮物。

聖哉為了打倒魔王而努力精通破壞術式……

馬修和艾魯魯也拚命努力想幫上忙……

所以我也想做點什麼……

然而，這一秒，我被焦慮支配的腦袋恢復正常。

──咦！等一下，這是什麼？「莉絲妲毛娃娃」？這是什麼，怎麼會這麼蠢？我怎麼拿這種東西給聖哉？頭腦也太不正常了吧！

我一恢復理智，羞恥、悲哀和絕望的情緒同時向我襲來。

「嗚哇啊啊啊啊啊啊啊啊啊啊！」

我覺得好丟臉、好難過、好心酸，因此嚎啕大哭。

「聖哉啊啊啊啊啊啊啊啊啊！」

我揮灑著鼻涕和眼淚，想抱住勇者尋求救贖，聖哉卻單手按住我的額頭擋下。

「別哭了，好髒，別過來，好髒。」

被他說了兩次好髒，我哭嚎得更厲害。

「不————！不要討厭我啊啊啊啊啊啊！」

「就叫妳別哭了，妳現在比羅札利還糟糕。」

聽到自己比狗狗公主更糟糕，我設法想停止哭泣，但眼淚仍不停滾落，跟淚水一起湧出的情緒也難以平復。

「可是……可是，這都要怪聖哉啦！誰叫你要跟瓦爾丘雷大人做愛做的事！」

「我沒做那種事。」

「那妳們為什麼全裸抱在一起啊啊啊啊！」

「我都說這是修練了。」

聖哉的表情很認真，但聽在我耳裡只是彆腳的藉口。

「莉絲妲，就算退個一百步，假如妳的妄想是真的，那妳為什麼哭得那麼慘？」

我、我也不知道啊！為什麼我會這麼難過？這麼焦慮呢？就算我喜歡他，但聖哉可是人類，而我是女神。可是……可是……

——不知道為什麼，我有種最愛的人被別人橫刀奪愛的感覺！

我不厭其煩地追問聖哉。

「你們真的沒做愛做的事嗎？我可以相信你嗎？」

聖哉重重地嘆了一口氣後說：

「我從剛才就一直這麼講了。」

「真的嗎？真的是真的嗎？你敢對神發誓嗎？」

「妳就是神吧。妳是笨蛋嗎？」

沉默片刻後……

「……我知道了。雖然不太相信……不過我姑且相信你。」

我這麼說完後，用洋裝的袖子拭淚。

聖哉抓抓頭，嘟囔一句「真是的」後，從我手上拿走莉絲妲毛娃娃。

「把這放進行李袋裡。」

他扔給馬修。

「嗚哇！哇、哇、哇！」

馬修像碰到高溫物體般，把毛娃娃在兩手間丟來丟去。

「艾、艾魯魯！妳拿啦！」

「才、才不要！聖哉是叫你拿吧！我絕對不拿！」

……看到這兩人的互動，我又差點哭出來。聖哉則用嚴厲的口吻對馬修說：

「馬修，你來拿。」
「嗚……！我、我明白……了……！」
馬修心不甘情不願地把毛娃娃放在行李袋裡。
「那麼……你們也修練完了？」
「嗯，是啊！聽師父這麼說，您也修練完了？」
「嗯。」
聖哉點點頭後，看向瓦爾丘雷大人。
「謝謝妳的照顧，瓦爾丘雷。」
「聖哉，你會……再來吧？」
「會吧。」
他們接著用意味深長的眼神凝視對方。
「聖、聖哉！快走吧！最後的四天王準備要攻入帝都了！」
我用力推聖哉的背。哪怕一秒也好，我只想盡早離開這裡。
「伊希絲妲大人下達了許可，我們能以最快途徑前往帝都！所以快走吧！蓋亞布蘭德現在正值危急存亡之秋啊！」
我硬把聖哉推出房間後，立刻叫出通往蓋亞布蘭德的門。

聖哉走出瓦爾丘雷大人房間後，還依依不捨地四處張望了好一會兒。後來他似乎終於下了決心，在門前梳起黑亮的髮絲。

「那麼……我們走吧。」

門打開後，他走進門內。

這時，我看著聖哉寬闊的背影，覺得有點不對勁。但我被瓦爾丘雷大人搞得心煩意亂，所以沒什麼放在心上，還不以為意地想著「算了，這種情況也會發生吧」。

……聖哉這一次沒有說修練完都會說的那句「一切準備就緒」。

# 第四十一章　最後的四天王

為了離開瓦爾丘雷大人，我誇大地以「危急存亡」為由催促聖哉，帶他回到了蓋亞布蘭德。當我正在反省自己會不會說的太誇張時……

「羅茲加爾多現在正值危急存亡之秋！」

聽到有人像在號召群眾般如此大聲喊道。

將門開在帝都附近的我們，眼前看到身穿印有羅茲加爾多帝國章紋盔甲的士兵……一群士兵……一大群士兵……等一下，這是怎麼回事？再怎麼說也太多了吧？

輕鬆超過千人的士兵整齊列隊，一字排開，人人都拿著武器，神情戰戰兢兢。當我順著他們的視線看向前方時，再次大吃一驚。

嘴角裂到耳朵，背上長著黑色翅膀。那些跟四天王凱歐絲．馬其納外貌相仿的異形生物，也在幾十公尺外排成一樣的陣形。跟數千名帝國士兵對峙的，是數量毫不遜色的惡魔大軍。

「這、這根本是戰場啊……！」

這劍拔弩張的場面一口氣吹散我鬱悶的情緒。馬修從劍鞘中拔出劍，擺出備戰架勢，艾魯魯則躲到我背後。

注意著惡魔軍團動向的我們，不知不覺間被應該是我方的帝國軍士兵團團包圍。

「你們是什麼人？究竟從哪裡出現的？」

「這群人好可疑！」

「該不會是魔王軍的手下吧？」

「不、不是，我們是——」

當我正想解開誤會時……

「那些人不是敵人！他們是女神大人和勇者大人一行人！」

傳來宏亮的聲音。我回頭一看，是個蓄著鬍鬚的年邁士兵。對方察覺到我在看他，一改嚴厲的態度，向我們鞠躬。

「好久不見了！以前在賽姆爾鎮承蒙各位的關照！」

……呃，這個人是誰？啊，對了！是我們在賽姆爾鎮教會遭遇不死者時的士兵！

聖哉不客氣地問：

「這個不重要，現在是什麼狀況？」

「四天王伊雷札．凱傑爾率領的惡魔之劍（魔王軍陸戰精銳部隊）終於朝帝都攻打過來了！雖然數量上是我方占優勢，但敵方的攻擊力十分驚人，導致我軍節節敗退！它們一路穿越烏爾古斯大道，眼看就要兵臨帝都奧爾菲城下了……！」

「也、也就是說，你們退到最後一道防線了嗎？」

這名士兵滿臉苦澀地點點頭。

「不過……它們來到這裡後，攻勢減緩了。我們也想不透到底是怎麼回事……」

的確，那些惡魔只是觀察著我們，完全不採取任何行動，彷彿在等什麼。

不久後，敵方有了動靜。有個體型較其他同胞大上一圈的惡魔穿過隊列現身。

那個惡魔頭部像山羊，長著往後捲曲的角。全身肌肉漆黑發亮，感覺像本身就是盔甲。

而最讓我瞠目結舌的是他的手臂。右邊三隻，左邊亦同，合計六隻手臂上都裝備了劍和戰斧。

聖哉的眼神變得銳利。

「他的氣場跟其他惡魔截然不同，應該就是最後的四天王吧。」

「那就是四天王之一的伊雷札・凱傑爾……！」

六臂惡魔從隊列中一躍而出，用低沉的嗓音說出人類的語言。

「人類！叫你們之中最強的人出來！」

聖哉用鼻子「哼」了一聲。

「看來是想誇耀自己的力量吧。他應該是打算先打倒帝國軍中最強的士兵，將士氣瓦解後，再趁勢一口氣攻入帝都吧。」

原、原來如此！這麼說，既然他想這麼做，就代表他果然是非常強悍的敵人吧……？

我對四天王伊雷札發動能力透視。

**伊雷札・凱傑爾**

Lv：88

HP：245842　MP：985664

攻擊力：218333　防禦力：207465　速度：140241　魔力：87654

耐受性：火、風、水、雷、冰、土、毒、麻痺、睡眠、即死

特殊技能：全魔力轉化攻擊力（Lv：MAX）　飛翔（Lv：MAX）　邪眼（Lv：15）

特技：六道魔導劍（Mode Evil-Six）

性格：獰猛

嗚嗚！就如奇爾卡布爾所說，他的攻擊力、防禦力真的都超過二十萬，而且其他能力值也很高，也很平均！撇開塔納托斯不談，光看能力值，他毫無疑問是目前最強的敵人！

伊雷札用血一般鮮紅的魔族雙眼瞪著帝國軍。

「怎麼了！為什麼沒人出來！難道你們帝國軍都是膽小鬼嗎？」

不知不覺間，聖哉的周圍被帝國軍士兵的人海給包圍了。

「勇者大人！拜託您！」

「請您打倒那個傢伙！」

四周的士兵得知聖哉是勇者，你一言我一語地說。

——話說，聖哉一走出門就馬上跟最後的四天王打嗎？聖哉，可以嗎？你準備好了嗎？

聖哉依舊面不改色地從劍鞘中拔出劍。士兵們小聲地歡呼道：「喔喔！」聖哉往前走了一步……卻停下腳步。

有個士兵正從比我們更遠的位置，朝著伊雷札．凱傑爾走去。即使距離很遠，憑女神的視力還是能將對方看得一清二楚。那士兵一頭白髮，穿著跟羅札利相仿的金色盔甲，毫不畏懼地往伊雷札．凱傑爾筆直前進。

「那是……戰帝……陛下……？」

我們四周有人低喃。不久後，這聲音化作幾千名帝國軍士兵的大合唱。

「戰帝陛下！是戰帝陛下！」

「陛下是特地從帝國城出來，拯救陷入困境的我們！」

馬修瞇起眼睛。

「那、那是戰帝……？羅茲加爾多最強的……戰士嗎？」

那是據說劍足以斬裂天空，劈開大地的「戰帝」。但從那頭花白的頭髮，臉上深刻的皺紋來看，戰帝遠比我想像的還年邁。

「是、是個老爺爺呢……」

艾魯魯似乎也很驚訝。聽說是羅札利的父親，我們還以為只有四五十歲，但戰帝的外表是個超過七十歲的老兵。

戰帝走到距離伊雷札數公尺處，跟伊雷札進入對峙。伊雷札．凱傑爾則嘲笑道：

「喂，這個老頭子是怎麼回事？」

背後的惡魔也哄堂大笑。

「嘎哈哈哈！我可不記得說過要你們獻上活祭品啊！」

我聽到惡魔的笑聲，拉起聖哉的手臂。

「他被說成活祭品了！聖哉，走吧！我們得去救他才行！」

但聖哉一動也不動。

「別被那老頭的外表給騙了，快看他的能力值。」

「咦？」

「竟然會有這種人類……」

聖哉一臉嚴肅地低喃自語。我於是發動能力透視，一窺戰帝的能力值。

**戰帝沃爾克斯・羅茲加爾多**
Lv：90
HP：259985　MP：0
攻擊力：189633　防禦力：176358　速度：148796　魔力：0　成長度：777
耐受性：火、水、雷、冰、闇、毒、麻痺、即死、異常狀態
特殊技能：光之庇護（Lv：MAX）　攻擊力進化（Lv：MAX）
特技：聖道光劍（Style Saintl-Light）
　　爆碎聖劍（Crash Saintl-Light）
　　大聖光裂斬（Massive Saintl-Light）
性格：勇猛果敢

「……這、這是什麼能力值啊！」

就在我看到戰帝能力值的同時……

「你這個老不死的！給我去死吧……！」

伊雷札的三隻右手中，有隻拿著大劍的手朝戰帝揮下。戰帝用黃金盾擋下那一劍，悶重的轟鳴聲響徹四周。

「喔……本來想連人帶盾一起解決，沒想到能擋下我這一擊。原來你不是來白白送死的啊。老兵啊，是我看錯你了。」

伊雷札接著咧嘴獰笑。

「那就讓你見識一下吧……『六道魔導劍』！」

伊雷札六隻手上裝備的武器全指向戰帝，身上散發出漆黑的氣場，擺出攻擊架勢。

我實在耐不住，拉著聖哉手臂。

「聖哉！戰帝的能力值的確強得不像人類，不過攻擊力、防禦力都比伊雷札遜色！你最好去幫他！」

「嗯。」

聖哉終於要採取行動時……

「您用不著出手。」

傳來一個冷淡的聲音。在我們背後，不知何時有一個身穿有著金色刺繡的白袍，年齡不詳的俊秀男子。

「勇者大人、女神大人，幸會，在下是雷之帝選魔法師弗拉希卡。」

在這麼肅殺的時刻，他卻優雅地單膝跪地，向我們問候。

「等一下，弗拉希卡先生！你說用不著出手是什麼意思？就算戰帝再怎麼強，對手可是四天王耶！」

「您不必擔心。」

蓋亞布蘭德這個世界的四天王有多可怕，我親身領教過。每一個都具備跟難度B～D的魔王不相上下的力量。

而現在，伊札雷正用六隻手的武器猛打戰帝。即使戰帝用巨大的盾設法擋下攻擊，但他很顯然不斷處於防禦。

——我、我看不下去了！實力的差別太大了！不快過去的話，他會被大卸八塊！

而這個危機來得比我預期的更快。六隻手接連使出怒濤般的攻擊，把戰帝的盾打飛了！

「呵呵呵！」

伊雷札笑著刺出類似武士刀的劍！戰帝一時閃避不及，臉頰被劍刃劃傷流血！而猛攻依然沒有停歇！即使傷口不深，戰帝的手、腳……盔甲沒蓋到的部位都被確實劃傷了！

「不、不行了！他要被打敗了！」

但與焦慮的我不同，弗拉希卡十分冷靜。

「不要緊，那是戰帝陛下戰鬥的方式。」

弗拉希卡用彷彿看著愚者的眼神注視伊雷札。

「那隻臭惡魔真不知好歹，竟敢攻來帝都奧爾菲。」

我啞口無言。被逼到走投無路的明明是戰帝！為什麼弗拉希卡和帝國軍士兵都如此從容地默默觀戰呢？
戰帝失去了盾，只憑一把劍根本無法防禦六道魔導劍，接下來只能等著被慢慢砍成碎片。
不過這時，戰帝終於開了口。
「劍法真凌厲……不愧是四天王。不過我——」
他沙啞的嗓音裡透出一絲愉悅。
「已經習慣（Accustomed）了……」
剎那間，用劍彈開劍的金屬撞擊聲連續響起。
「你說……什麼？」
原本處於壓倒性優勢的伊雷札臉色一沉。戰帝只用單手劍全數彈開快到伊雷札的肉眼也看不到的攻擊，成功擋下！人類能用單手勝過那鬼神般的六手連擊，真不可思議！然後……
「聖道光劍……！」
戰帝的劍發出光芒，光的軌跡朝著伊雷札射去！
「咚」。
六隻手中的其中一隻……伊雷札拿戰斧的手黑血四濺，墜落至地面！
「你……你這傢伙……！」
光芒軌跡接著在空氣中畫出幾何圖形。同一瞬間，剩下的手臂也紛紛散落地面！

「怎、怎麼……！怎麼可能有這種事……！區區一個不是勇者的普通人類——」

「不是勇者真抱歉啊。」

戰帝將發光的劍高高舉起至頭頂……

「爆碎聖劍！」

朝伊雷札頭部重重砍下！劍從頭部切入，一直線劃至伊雷札股間，將他一分為二！但劍的力道絲毫未減，順勢刺在地上，在轟然巨響中形成一個大坑！這股衝擊產生的地震讓我失去平衡，當場跌坐在地！

「騙人……的吧！他、他竟然……把四天王……打倒了……？」

我感到愕然時，聽見士兵們的如雷歡呼。在歡呼聲中，我攀著聖哉的腿，勉強站起身來。

「聖、聖哉！為什麼？為什麼戰帝能贏過伊雷札？他的攻擊力不是輸給伊雷札嗎？為什麼他能使出勝過六手連擊的攻擊？」

「妳再對戰帝用能力透視看看。」

我照著聖哉所言，看向正在把劍收回劍鞘的戰帝。

**戰帝沃爾克斯・羅茲加爾多**

攻擊力：22151２

「……咦咦？攻擊力的數值變了！」

「看來是在這場戰鬥中成長的，還超越了伊雷札的能力值。」

「怎、怎麼可能有這種事！」

我說不出話來。士兵的興奮之情無法冷卻，但失去首領的敵方陣營有了動作。

「你、你竟敢殺了伊雷札大人！」

「區區一個人類──────！」

惡魔們失去控制，準備大舉進攻。而戰帝對著惡魔大軍再次拔劍，高舉過頭。

「大聖光裂斬……！」

戰帝發光的劍瞬間伸長！他將長到足以貫穿天空的光之大劍緩緩放倒，接著「轟」──往前橫掃！幾十個朝戰帝飛撲而來的惡魔上下半身分家！

「噫！」

在牠們背後的惡魔們臉色大變。戰帝看見那些惡魔面露懼色……

「呼哈哈哈哈哈哈！」

反過來襲擊敵方！每當他恣意揮動那把巨大光劍，惡魔們就逐一化為屍體！原本一直靜靜待命的帝國軍看著戰帝發動攻勢，也一起拔劍衝向惡魔大軍！至於我身邊的弗拉希卡舉起了魔杖！

「以雷神歐蘭德之威名……向邪惡之魂揮下憤怒的鐵鎚……！」

他詠唱完咒語的同時，天空落下雷電！雷光呈樹枝狀往外擴散，以全體魔法攻擊把惡魔們燒成黑炭！

「撤、撤退！快撤退啊啊啊啊啊啊！」

這個結果跟魔王軍預想的完全相反。原本應該要殺掉敵軍將領，不料我方大將卻反遭殺害，魔王軍陸戰精銳部隊也潰不成軍。

這時，戰帝已經轉過身，緩緩走向我們。威嚴的神情和緩下來，對我們微微一笑。

「哎呀呀，看來我這把老骨頭把勇者大人登場的機會搶走了。」

不用說我也聽得出他知道我是女神，聖哉是勇者。我向戰帝低頭行禮。

「不不！您客氣了！您幫忙打倒了強敵，反倒是我們想感謝您！」

馬修和艾魯魯的情緒也很亢奮。

「戰帝真的很厲害呢！」

「真是不敢相信！竟然能打敗最後的四天王！」

戰帝面對這兩個少年少女，表情更是和藹。

「我真是年紀大了。要是以前，對付那種敵人根本用不著花這麼多時間。」

咦咦！這意思是年輕時比現在更強嗎？他到底是何方神聖啊？

我還在吃驚時，戰帝畢恭畢敬地向我低頭行禮。

「女神大人，能見到您是我的榮幸。」

「咦……啊……呃、嗯……」

他紳士的態度讓我有點難為情。不、不對，沒必要覺得難為情吧！沒錯！人類見到女神時，本來就應該是這種態度！都怪聖哉對我太隨便，我都忘了！

「稍後請女神大人務必光臨帝國城，我有個東西想請您過目一下。」

「有東西想讓我看？那是？」

「來了就知道了。」

戰帝用和善的表情邀請我們到城裡。要跟他去當然沒問題，不過我心中湧現一個疑問，在意得不得了。

「那、那個，請問一下，您明明這麼強，為什麼不加入討伐魔王的行列呢？」

這時，戰帝露出有些苦澀的表情。

「那是因為……」

「因為？」

就在我反問的同時……

「嗚！」

戰帝摀住胸口，蹲下身體。弗拉希卡察覺情況有異，連忙趕過來。

「糟、糟了！戰帝陛下他！快、快叫其他人都退下！快點！動作快！」

「咕嗚嗚嗚嗚嗚嗚！」

戰帝發出呻吟，弗拉希卡則大吼大叫。

難、難道是什麼不治之症嗎？所以戰帝才無法離開帝都？

「戰帝陛下他……戰帝陛下他……」

冷靜的魔法師弗拉希卡臉色大變，高聲喊道：

「戰帝陛下他要幼兒化了！」

——咦……？

滴、滴、滴滴滴滴滴滴滴滴滴……

我聽到奇怪的聲音，回頭一看，戰帝的雙腿間不斷滴落液體。

那威嚴的面容已蕩然無存。他純真的雙眼裡蓄滿淚水，像幼兒般咬著大拇指說：

「嗚嗚……我噓噓了……嗚嗚……」

# 第四十二章　帝都奧爾菲

「來人，快來人啊，拿條手巾來啊啊啊啊啊啊！」

弗拉希卡喊道，並接過士兵們準備的手巾……

「恕在下冒犯！」

他放在戰帝的下體。

「嗚~……濕濕的，好不舒服喲……噯，我可以在這裡……脫掉內褲嗎？」

「不、不可以！請您忍耐一下！」

「嗚……」

戰帝抽抽噎噎，鼻水直流。

這個狀況比惡魔之劍來襲更具有衝擊力，讓我、艾魯魯和馬修像石頭般僵在原地，只有聖哉一如往常地看著戰帝。

「喂，莉絲妲，妳用能力透視看看戰帝的特殊技能吧。」

「我、我剛才看過了啊。」

「再看一次。」

我透視戰帝的能力，並聚焦在特殊技能上……

**戰帝沃爾克斯・羅茲加爾多**
**特殊技能：孩子氣：（LV：MAX）　撒嬌（LV：8）　說哭就哭（LV：9）**

「！出現不得了的特殊技能！孩子氣的等級還封頂了！」
「這樣就知道戰帝為何不能離開帝都了。」
直到剛才還在為尿褲子哭哭啼啼的戰帝，現在彷彿已經忘得一乾二淨。
「蝴蝶！蝴蝶！」
朝天空伸出手，到處跑來跑去。順帶一提，根本沒有任何蝴蝶在飛。
——這、這是孩子氣嗎？真是的……該怎麼說呢……！
這時，從後方傳來馬蹄聲。我回頭一看，有個很面熟的藍髮女騎士騎著白馬直奔而來。
「父王！」
戰帝的女兒羅札利從馬背上跳下來。戰帝看到她，停止追逐看不見的蝴蝶，朝羅札利跑了過去。
「小羅札利！」
他開心地叫嚷，緊抱著女兒不放。

「我好寂寞喲！小羅札利不在，我非常非常寂寞！」

「您、您冷靜一點，父王！」

那景象與其說是父女相擁，更像是迷路的小孩找到了母親。不只是我們，周圍的士兵們也啞口無言，直盯著羅札利和戰帝看。羅札利察覺到這一點，立刻氣得發火。

「看什麼看！」

士兵們震了一下。

「掃蕩惡魔之劍的殘黨，以及對傷患進行急救！該做的事還有一大堆吧！」

士兵們往四面八方一哄而散，只剩我們留在原地。

「你、你們也在嗎……！」

這情景對羅札利而言，想必很不想讓我們看到吧。她露出難以言喻的複雜表情，而戰帝再次抱緊她。

「喜歡～！我喜歡小羅札利～！」

「父王！請您住手！如果您做了不乖的事，會出現妖怪喔！妖怪會跑出來喔！」

「妖怪？妖、妖怪……好可怕！」

「很可怕吧！那就請您安靜一點！」

「嗯……我會安靜……妖怪好可怕……嗚嗚……」

羅札利發覺聖哉正用冰冷的眼神看著變老實的戰帝，面紅耳赤地大吼：

「你那眼神是什麼意思？想說什麼就直說！」

不過聖哉保持沉默，一臉興致缺缺，我則代替他開口：

「噯、噯，羅札利，這與其說是幼兒化，比較像是……」

這時，羅札利揪住我的胸口，表情猙獰地瞪著我。

「不要說……！不要再說下去了……！」

「噯，是妳自己說有話想說就直說的耶！」

當我們在爭論時，戰帝跑向聖哉。

「大哥哥，一起玩！一起玩！」

戰帝一臉天真無邪地跑向聖哉，聖哉則用絕對零度的眼神看他。

「閉嘴，快滾。」

「……嗚嗚？」

戰帝先愣了一秒……

「嗚哇啊啊啊啊啊啊！」

之後不顧他人眼光放聲大哭。

「喂——！你這傢伙——怎麼講話這麼過分！」

羅札利趕到父親身邊，戰帝則抱住女兒。

「嗚嗚……好可怕，嚇到我了……又噓噓了……嗚嗚……」

「喔喔，好乖好乖！我等一下處罰那個傢伙喔！」

羅札利安撫父親時，我輕拍拍她的肩膀。

「那、那個～話說回來，戰帝請我到城裡去，說想給我看樣東西……」

「啥？那種事等一下再說啦！」

「等一下是要等多久？」

這時，戰帝又開始追蝴蝶。

「蝴蝶！蝴蝶！」

「喂，處理一下這老頭。」

「你、你說誰是『老頭』！注意你的措詞！」

「噯，羅札利，等一下是要等多久啊？」

「吵死了，真是的！算了，一小時……不，兩小時！兩小時後來帝國城！在那之前，你們到奧爾菲的城裡逛逛吧！」

聖哉聞言後轉身就走。

「就這麼辦。與其看老頭子，去逛街還有意義多了。」

「你這傢伙──────！」

「我、我們快走吧！」

在艾魯魯的催促下，我們逃也似的離開箭拔弩張的羅札利，前往帝都的市街。

雖說這是理所當然，不過帝都——奧爾菲的確比之前去過的城鎮還要繁榮。在鋪設石板的大馬路上，人群熙來攘往，不分男女老幼皆打扮入時。櫛比鱗次的眾多商店中，不停傳出活力充沛的聲音。城鎮裡看來正在慶祝勝利。戰帝在幼兒化前打倒四天王是不爭的事實，帝都的人民對這件事一無所知，對戰帝偉大的功績讚頌不已。

沒錯，多虧戰帝打倒伊雷札，現在敵人只剩魔王了。

——唔、嗯～總覺得沒什麼實感呢，因為最後的四天王被這個世界的人打敗了。不、不過，換個角度想，這也算幸運吧……？

走了一會兒後，一塊寫著「ＢＡＲ」的招牌映入眼簾。我戳戳聖哉的肩膀。

「噯噯，聖哉！那個酒吧感覺很棒，我們去看看吧？」

但聖哉露出興致缺缺的表情。

「萬一喝酒時遇上敵襲怎麼辦？」

「只、只是感受一下氣氛啦！」

「酒館都是一群醉鬼，就算我們沒錯，他們也會來找碴。接著演變成鬥毆，最後還可能發展成刺殺案件，所以我不去。」

……唉，連這種時候都這麼謹慎。

正當我為了去不了酒館而有些沮喪時，馬修拉拉我的手。

「莉絲姐！那裡有賭場呢！」

我一看，有個兔女郎正拿著廣告看板在招客。雖然在科學不發達的蓋亞布蘭德，無法安裝美侖美奐的燈飾，不過他們會用色彩繽紛的塗料裝飾建築物，為賭場營造出奢華的氣氛。

艾魯魯雙眼發亮。

「這就是賭場嗎！這是我第一次看到呢！」

在奇幻世界裡，賭場是冒險者的一大樂趣！而且馬修和艾魯魯似乎很感興趣……

我對他們微微一笑。

「要去看一下嗎？」

「可以嗎，莉絲姐？」

「偶爾也需要散心一下！來，我把我的錢給你們，拿去換代幣吧——」

不料聖哉把我們留在賭場前，自己大步離開。

「等、等等，聖哉！等一下！你不玩嗎？」

我一喊，聖哉就一臉不耐煩地回過頭，直白地說：

「只要有可能輸，就算機率只有1％，我也不賭。」

呃，真是的，他有多認真啊！

我看馬修他們想去，不厭其煩地遊說聖哉。

「那裡說不定能用代幣換到很強的武器和防具喔。」

怎樣！這樣一來，聖哉也有點興趣了吧？

雖然我這麼盤算，聖哉卻用冰冷的眼神射穿我。

「莉絲妲，如果妳真的認為賭場的獎品中會有對魔王有效的武器……那妳的大腦大概只有輪盤裡滾動的白球那麼大。」

「！才沒有那麼小！」

見聖哉不肯停下腳步，艾魯魯垂下肩膀，失望地說：「唉～好想去喔……」

我用略帶責備的語氣對聖哉說：

「聖哉，只是玩一下而已，老天爺又不會懲罰你，而且馬修和艾魯魯也很想去。嘍，好嗎？」

「有這個閒工夫的話，我比較想去道具店和武器店。帝都裡或許有賣能在戰鬥中派上用場的稀有商品。」

「那、那可以之後再去啊！好嘛，現在就先——」

這時，聖哉用更冷酷的眼神瞪我。

「妳是女神吧，想一下這個世界的事如何？」

「就、就因為有在想，所以才覺得偶爾也需要喘口氣嘛！」

「真是的，就是因為這樣，瓦爾丘雷才會叫妳三流女神。」

……啊？為什麼要在這時提起瓦爾丘雷大人？

「什麼嘛！反正我就是贏不過瓦爾丘雷大人啦！」

「莉、莉絲絲！冷靜一點！」

艾魯魯試著安撫動怒的我，但聖哉若無其事地繼續走，最後在道具店前停下腳步。

「客人，來看看！這是限定商品『上藥草』喔！」

「哦？這跟普通藥草有什麼不一樣？」

「回復力截然不同喲！只要用了這個，無論哪種傷都能立即痊癒！」

「真的嗎？要是你說謊，我就燒了你的店，可以嗎？」

「嗯……呃，當然不可以啊！這位客人，您怎麼隨便就說出這麼可怕的話啊？不過我也沒有說謊！一個上藥草的藥效，能抵過三個普通藥草喔！」

「嗯，那我買一點好了。」

看到依照以往的慣例，就算說「一點」，實際要求的數量也很可怕的聖哉，煩躁的我大吼道：

「喂！聖哉！如果要回復的話，我的魔法就辦得到啊！不必買那種藥草吧！」

老闆一聽，臉色變得比聖哉還凝重。

「『那種藥草』是什麼意思？可別看不起我們店裡進的上藥草！這藥草的療效跟大祭司（High Priest）的回復咒語相比可是不遑多讓！」

平常的我早就道歉了，不過我現在剛好心情非常差。

「什麼嘛！我的魔法絕對比較有威力！」

「那來比比看吧！喔，來得正好……喂！」

老闆正巧看到有士兵一臉痛苦地走在街上，出聲喊住他。

「找、找我有什麼事嗎？剛才惡魔之劍進攻時，我雙臂都受傷了，可是身上沒錢，無法接受治療……」

老闆看看士兵的雙臂，咧嘴一笑。

「竟然雙手都受了相同的傷。怎樣？我們來比誰能先治好這士兵的手臂吧？接受的話，我店裡的商品全算妳半價！」

「正合我意！」

老闆在士兵的右手臂塗抹上藥草，我則將所有意識集中在左手臂上！

廣布全宇宙的造物意志啊！賜給我力量！喔喔喔喔喔喔！燃燒起來吧，我的女神之力——！

……一分鐘後。

「果然還是上藥草的療效比較快！已經完全不痛了！……至於這位大姊治療的地方，傷口還有點刺痛。」

……好，我輸了。努力過了但還是不行，沒贏過上藥草。

聖哉俯視著感到傷心，低下頭的我。

「……妳這個下藥草女。」

「！要我現在就讓你覺得需要藥草嗎？而且我要是解放真正的女神之力，才不會輸給這種藥草！」

「那妳現在解放看看啊。」

「我要是這麼做，女神之位會馬上不保啦！」

「還是一樣派不上用場。」

「我、我已經說過很多遍了！女神不能過度幫忙人類——」

「喂，給我上藥草。既然你說這是限定商品，那我就買到上限吧。」

「好的！謝謝惠顧！」

走出道具店後……

「什麼嘛……！什麼嘛……！到底想怎樣……！」

我餘怒未消，一邊走一邊自言自語。而馬修對我說：

「噯，冷靜一點啦。妳想，妳還有『莉絲妲毛娃娃』啊！」

「吵死了，你這個磨菇！我要把你的蘑菇拔下來剁碎！」

「！這話也太過分了吧！妳這樣還是個女神嗎？」

「馬、馬修，是你不對啦，誰教你要講奇怪的話！對吧，莉絲絲！」

我連艾魯魯的話都充耳不聞，繼續往前走。

「莉絲絲……？」

在那之後，聖哉在武器店四處物色。花了一些時間看過一遍後，我們離開了店裡。

不久後，他凝視著矗立在遠方的帝國城。

「差不多該走了。」

聖哉朝王城走去……而我的心情在屢屢挫折中，盪到前所未有的谷底。

# 第四十三章　不死的原因

那座巨大城堡昂然矗立，彷彿在誇耀帝國的繁榮和戰帝的威嚴。我們一走近，衛兵就將入口的厚重大門大大敞開。

「你們來啦。」

才進入城內，身著藍色禮服的羅札利就向我們招手。我們跟在羅札利身後，走過紅色地毯。接著她打開門，我們進入房間，卻不見戰帝蹤影。房內擺著長方形的大桌子，桌邊則排了一圈椅子。

「我有事要先跟你們說。不過，在那之前……」

羅札利用疑惑的表情盯著聖哉看。

「那是你之前穿的白銀之鎧吧？傳說之鎧呢？」

「被大烏龜吃掉了。」

「喂，別開玩笑了。」

「我沒有開玩笑。如果有拿到，我早就穿了。那副盔甲已經被魔王軍毀了。」

「你說什麼……！」

羅札利說不出話後，搖了搖頭。

「盔甲的事已經過去了，這不重要，妳有什麼話想說？」

「啊，對……先坐下吧。」

羅札利讓我們就座後，自己也在桌子另一邊坐下，一臉嚴肅地細細訴說：

「戰帝沃爾克斯・羅茲加爾多曾獨自一人在三十年前平定賽克羅布斯之亂，十五年前也消滅了蛇王多爾夫雷亞統治的邪惡巢穴——哈德斯王國。今年他已高齡超過八十，卻依然不顧大臣們反對，隻身前往魔王所在的北方寒帶亞佛雷斯大陸進行討伐。不過……就快到亞佛雷斯時，父王似乎在中途幼兒化，開始大哭時是我軍把他救回來的。」

「妳到底想表達什麼？」

過了一會兒，羅札利露出沉痛的表情開口：

「父王他……已來日無多。王城的御醫說，他剛才那些古怪行徑應該也是老化造成的。」

羅札利一改平時咄咄逼人的神情，表現出女兒為父親著想的一面。

「父王不只強悍，也很溫柔。只要從戰場上回來，他總會用那隻大手摸我的頭。戰帝是我……不，是羅茲加爾多全體國民的驕傲，因此我希望至少能讓他安享餘生。」

羅札利難得用懇求般的眼神望向聖哉。

「如果父王說想跟你們一起去挑戰魔王，希望你們一定要勸諫他。」

聖哉冷冷地說：

「不用妳提醒，要是他提到這件事，我當然會拒絕。就我們的立場來說，帶那種老頭去也很麻煩。」

羅札利靜靜點頭。

「那就拜託你們了。還有……別再說『那種老頭』了……！」

在羅札利的帶領下，我們來到謁見廳。戰帝坐在王座上，面帶威嚴。等我們走近後，他露出有點靦腆的表情。

「雖然打倒四天王後的事我不太記得了……不過我似乎做了非常失禮的事。各位應該有聽羅札利說過……我偶爾會出現意識朦朧，行為脫序的情況。」

「現在也是那樣嗎？」

聖哉這麼一問，戰帝皺起眉。

「看也知道我現在沒事。不久前才發生過，之後有一陣子能免疫。先、先不說這個了，勇者啊，四天王現在都已經消滅了，你應該打算要攻入魔王的根據地了吧？」

「嗯，不過我完全不需要你的助力。」

「唔……」

聖哉先一步回絕，讓戰帝陷入短暫沉默。不過，他之後爽快地笑了。

「哇、哇哈哈哈哈哈！說的也是！就算不借助我這老朽的力量，只要有這些人在，世界也能得救！」

羅札利也附和戰帝。

「是啊！父王打倒了最後的四天王，已經活躍過頭了！接下來的一切就交給勇者吧！」

「沒錯，沒錯！再說，這一次我主要是找女神大人！」

戰帝像在提醒自己般嚷嚷後，對我露出笑容。

「我想讓女神大人看看我自豪的大教堂！」

「這樣很好，父王！相信女神看到那座神聖的大教堂，也一定會很高興！」

然而，正巧就在同時，謁見廳的門應聲打開，士兵一臉驚惶地衝進房內。羅札利吼道：

「喂！現在正在接見客人！」

「恕、恕在下無禮！可是這是傳令！緊急傳令！惡魔之劍的餘黨似乎打算攻入帝都附近的城鎮！」

「你說什麼！」

不知道是因為正義感湧現，還是熱血沸騰起來，戰帝從王座上站起身。

「這可不行！」

另一方面，羅札利用意有所指的眼神盯著聖哉看。聖哉似乎也察覺到了，「呼」的一聲輕嘆了口氣。

「那個由我去吧。你是國王，別輕舉妄動，守護帝都就好。」

「可、可是……」

「不必在意，我馬上就能解決。你就照剛才說的，帶這個女神去看看你自豪的大教堂吧。」

原本打算跟聖哉去而正在準備的我嚇了一跳，看向聖哉。我現在已經連生氣或吐槽的力氣都沒有了。

聖哉看向馬修和艾魯魯。

「你們是提行李的，跟我來。」

「喔，好……」

「唔、嗯……」

他們顧慮著我，同時離開了謁見廳，連羅札利也回頭偷瞄我……離開時，唯獨聖哉不曾回頭看我一眼。

大教堂位在占地廣闊的帝國城領地內，從正面看上去無比莊嚴，造型細膩，跟王城不相上下。身穿金色盔甲的戰帝緩緩打開教堂正面的門。「要進入這裡時，身心必須保持端正」——戰帝以此為由，在來之前特地換穿上盔甲。

關上沉重的門後，他帶我進入教堂。教堂內部遠比我想的更寬敞。遠方擺了一座有翅膀的女神像，戶外的陽光透過神像背後的美麗彩繪玻璃，化為七彩的光芒照射進來。大理石地板上不見做禮拜用的椅子，空間十分空曠，只有我跟戰帝兩人闊步其中。

「距離現在幾十年前……我聽到女神會出現在拯救世界之人面前的傳說。我對此深感憧憬，所以蓋了這座大教堂。只不過那個偉大的使命，沒降臨在我身上就是了……」

戰帝在女神雕像前停下腳步，露出有些落寞的微笑。

「只是沒想到，我竟然能活到邀請真正的女神來這裡的一天。我沃爾克斯．羅茲加爾心中充滿感激。」

雖然聖哉害我的心情差到極點，但看到戰帝的態度如此恭敬，我也不能一直板著臉。我刻意用開朗的語氣說：

「哎呀，這座大教堂真的很出色！不只很美，結構也很扎實……跟一般教堂的風格截然不同呢！」

我把心中的感想直接說出口後，戰帝露出微笑。

「真不愧是女神大人，已經察覺到了啊。這座大教堂同時也是堅固的碉堡，可以在魔物攻進來時善加活用，充當暫時的避難所。」

「原來如此，您是考慮到人民而蓋的啊！真是的，真希望那個冷血勇者能向您看齊呢！」

「女神大人，從剛才的樣子來看……您跟勇者閣下處得不好嗎？」

聽到戰帝這麼問，我把累積的不滿全發洩出來。

「哪有處得好不好！聖哉完全不把我放在眼裡！而且從第一次見面時就是這樣！一下說『派不上用場』，一下說『不需要』，每次每次每次都瞧不起我……到最後甚至跟我以外的女神做那種不知羞恥的事……啊啊，光想起來我就生氣！」

相對於憤恨不平的我，戰帝則掛著從容的微笑。

「哈哈哈，越是有才能的人，性格都越扭曲啊。」

可是眼前這個老人明明很有才能，個性卻很好。或許是因為年齡有差吧……唉，如果我負責的勇者是這種個性的人就好了！

「不管怎樣，您都是活過悠久時光，地位崇高的女神，因此即使現在覺得煩躁，也不過是一眨眼的事。我們人類活著的時間稍縱即逝，您也不必太在意他說的話。」

「是、是啊，嗯，聽你這麼說，或許是這樣沒錯。」

戰帝仰望著教堂的女神像，喃喃說道：

「對了，女神大人，您知道……為何神不會死，能活在永恆的時光中嗎？」

「不、不知道。」

「我活了這麼久，聽過各式各樣的傳說。雖然真假難辨，但如果您願意，請當作是老爺爺在說故事聽聽吧。」

戰帝開始娓娓道來，沙啞的聲音在大教堂裡迴盪。

「您現在是以人類之姿降臨在蓋亞布蘭德這個世界，而目前存在於您體內的，是被稱為星魂的『假靈魂』。至於您『原本的靈魂』——聖魂保存在神界內某個時間停止的房間。因此，即使您在這個世界死了，也只是假靈魂——星魂會破碎。只要聖魂還在時間停止的房間，您就不會死，可以永遠活下去……這就是神不會死的原因。」

是、是喔——！這些事我都不知道呢！是這樣嗎？

「至於從異世界被召喚，來到這個世界的勇者，被殺了也只是回到原來的世界也是基於同樣的原理。勇者真正的靈魂也還在他原本的世界，所以即使死了，也只是回到那個世界而已。」

「原、原來如此！」

「不過就像我剛才說的，這只是道聽塗說，真假難辨的傳聞。」

「不……我想應該是真的。」

「天曉得。」戰帝笑著說。不過我以前曾聽阿麗雅說過，統一神界裡有「時間停止的房間」，而大女神伊希絲妲大人負責管理那個房間。當時我很在意伊希絲妲大人在那個房間做什麼，現在對照戰帝的話就能理解了。

「話說回來，您真了解呢！」

「哈哈哈，您還喜歡嗎？那我再說一個故事好了。這次是關於某個魔導具的故事。」

「魔導具……嗎？」

「是的，據說在眾多世界中，有名為『連鎖魂破壞陣』的魔導具存在於某處。如果使用那個粉碎假靈魂——星魂的話，會產生連鎖效應，讓原本的靈魂——聖魂也被破壞，是個很可怕的魔導具。」

「也、也就是說……只要有那個，我跟聖哉都會死嗎？」

「沒錯，而且根據傳聞，蓋亞布蘭德的魔王已經拿到那個了……」

戰帝用像在說鬼故事的表情看我，讓我背脊發涼。

「別、別說這麼恐怖的事啦！」

「哈哈哈，真是抱歉。不過我聽說……魔王之所以一直不行動，在城裡靜待勇者上門，是因為魔王城內已啟動連鎖魂破壞陣，只要勇者和女神死在那裡，就不可能復活了……」

「這、這只是傳聞吧？再說，那個叫連鎖魂破壞陣的東西本身就很可疑了！世界上不可能會有那種詭異的魔導具啦！」

為了消除心中迅速擴散的不安，我提高嗓門。

「真的是如此嗎……」

戰帝緩緩繞到女神雕像後方。當他再次現身時，手上握著劍鞘。

「魔王對數千個神職人員進行拷問，殘酷地奪取他們的生命，藉此製造負面能量，再拿那些能量為原料，完成了連鎖魂破壞陣，並覆蓋整個魔王城。魔王的魔力不僅於此，他甚至應用連鎖魂破壞陣創造出具有可怕魔力的武器……」

不知不覺間，慈祥的表情從那張臉上消失。戰帝沃爾克斯・羅茲加爾多從劍鞘中拔出漆黑的劍刃，以劍對著我。

「能夠引發連鎖魂破壞陣，粉碎勇者的靈魂，就連女神也能殺死的——就是這一把『弒神之劍（God Eater）』。」

# 第四十四章　可能性的羅列

戰帝的眼神比劍尖還銳利，讓我本能地往後退。

「抱歉，女神，妳就死在這裡吧。我要用這把劍破壞妳的腦或心臟。」

「您、您是在開玩笑吧？」

「我聽說只要有女神在，勇者能隨時逃回神界。既然如此，就要先殺死女神，斷絕後路。這是在打仗時常用的手法。」

也就是說，他的目標是聖哉？究、究竟是為什麼？

戰帝對著我舉起布滿皺紋的手。

「衰老真是件悲慘的事。原本鋼鐵般的肉體、思緒清晰的頭腦，全成了現在這副模樣。以前我去魔王的根據地亞佛雷斯，也不是出於俠義精神，而是想幫這副衰老的軀體畫下休止符。但我在那裡遇到了魔王。」

羅札利明明說在戰帝抵達亞佛雷斯前就阻止了他！但他已經見過魔王了？

「魔王看透了我的一切，包括我內心深處的那個願望，後來他把弒神之劍交給了我。好了……廢話不多話，再不快點行動的話，或許意識又會變得模糊。」

戰帝把漆黑的劍往後用力一拉。

「我以前的確崇拜、敬仰過神。念在這個情面上，我會將妳一擊斃命的。」

「住——手！給我等一下啊啊啊啊啊！」

我已經顧不得女神該有的形象，大聲喊道。不過戰帝沒有一絲遲疑，拿著大劍刺向我。

「噫呀！」

我身子一偏，勉強閃過攻擊。戰帝露出有些吃驚的表情。

「沒想到妳能閃過這記突刺，看來眼力意外地好。就算是我，也很難將一直動來動去的人一擊斃命。」

「好痛！」

我的腳突然傳來一陣劇痛，身體也同時失去平衡，摔倒在地。

「……所以，只好這麼做了。」

戰帝以掃堂腿踢倒我，跨坐在我身上後，用弒神之劍瞄準我心臟的位置。

——咦、咦、咦！等一下，這是怎麼回事？我現在真的要被殺了嗎？連靈魂也要消失了嗎？怎、怎麼可以……！

「不……不要……」

我口中發出微微顫抖的聲音。戰帝用傻眼的眼神看著我。

「妳會怕死嗎？雖然說是女神，不過現在這樣一看，也只是個年輕女孩而已，真是可憐啊。」

他接著把劍拉高。

「但即使這樣，我還是不會放過妳。」

我好害怕，好痛苦，淚水從眼中溢出。應該不會死的我「要被殺了」——這是我生來第一次嚐到的恐懼。然而……我覺得自己好像知道這股絕望。這種對強大的力量無能為力，只能任憑對方奪走性命的絕望……

「聖哉……救我……」

我下意識地喃喃自語，戰帝聽了搖搖頭。

「現實不是童話故事，很少會在面臨危機時有英雄即時出現。聽好了，勇者不會來這裡。畢竟我沒有理由襲擊女神，而且本來『女神不會死』——勇者比誰都熟知這一點。現在他應該很放心地在討伐魔王軍的殘黨吧。」

就如戰帝所說，聖哉不可能這麼剛好趕來救我，但我沒來由地就會這麼想。我被逼到走投無路的靈魂，向勇者求救。

「救我啊，聖哉————！」

「掙扎也沒用，女神啊，回歸於無吧。」

戰帝高高舉起弒神之劍，我則馬上用手護住胸口。可是這麼做也毫無意義。劍會貫穿我的手臂，破壞心臟，接著我會一命嗚呼。

——雖然現在後悔已經太遲了……但我希望……至少跟聖哉和好後再死啊……

我害怕面對死亡的瞬間，別開視線。被淚水模糊的雙眼中，映著大教堂的入口大門。然後那扇門……應聲開啟！在陽光射入的同時，宛如光線的光箭也朝著戰帝飛來！

「唔？」

戰帝將原本要刺入我心臟的劍架在腰間，以弒神之劍打飛那三支逼近的光箭。

——這、這是……輝光弓！是聖哉嗎？

可是勇者沒有出現。代替聖哉，站在敞開大門前的是臉色發青的羅札利。

「這、這怎麼可能……！父王怎麼會攻擊女神……！」

馬修和艾魯魯也從她身旁探出頭來。

「莉絲絲！妳沒事吧？」

「就跟師父說的一樣！」

馬修他們大喊一聲後，從門邊跑來。

而在倒地的我身旁，響起劍和劍激烈撞擊的聲音！一看，是金剛斬劍和弒神之劍正在互相交鋒！

聖哉不知何時來到我面前，跟戰帝以劍交戰！

「老頭，給我離開這個女人。」

戰帝比我還吃驚。

「先用光箭讓我眼花，再趁隙攻過來嗎？話說回來，沒想到你真的出現了。」

「趕快離開她。如果沒有莉絲姐，我……我……」

聖哉的表情從沒像現在這麼認真過。我的淚水不停溢出，胸口發熱。聖哉用同樣的表情繼續說：

「我就……回不了家了……」

啊……嗯，說的也是呢，嗯。

聖哉高高舉起腳，然後……

「呀啊！」

像踢足球一樣踢飛我，讓我遠離戰帝，朝著馬修他們滾去。正好跑來的馬修沒料到我會突然滾向他，一腳踩在我臉上。

「喔咦！」

「抱、抱歉，莉絲姐！妳還好吧！」

「雖、雖然一點也不好……不過馬修、艾魯魯，你們怎麼會在這裡？」

「是聖哉說：『我還是很在意莉絲姐。那傢伙要是有個萬一，我會回不了家。』！所以我們就中途折返了！」

我再次看向跟戰帝對峙的聖哉。現在他們收回原本交鋒的劍，彼此拉開距離。

「勇者啊，我有個問題……你是不是有預知能力？」

「很不巧，我沒有那種能力。我只能摸索各種可能性。你襲擊莉絲妲也是其中一個可能性。」

「我不明白。你這話是什麼意思？」

「想知道嗎？那我就告訴你吧。」

聖哉開始以清晰宏亮的聲音說：

「或許四天王伊雷札只是假裝敗在戰帝手下，其實還活著，打算趁我不在時攻入帝都；或許伊雷札真的死了，但會化為鬼魂再度復活；或是伊雷札不會攻入帝都，而是魔王自己攻進來。還有……」

一連串類似妄想的推測，綿延不斷地排列下去。

「什麼？這傢伙到底在說什麼？」

戰帝用完全不明就理的表情望著聖哉。不過聖哉原本不著邊際的妄想，卻正一步步接近真相。

「……雖然女神不會死是眾所皆知的事實，但這個世界號稱難度S級，魔王的力量也脫離常軌，由此來看，或許敵人會拿到連神都能殺害的武器。另外，或許戰帝以前去北方大地亞佛雷斯時，其實有見過魔王，又或許當時戰帝接受魔王的攏絡，拿到能殺神的武器，準備攻擊莉絲妲。也就是說……」

勇者用能看透一切的眼光貫穿戰帝。

「或許戰帝沃爾克斯·羅茲加爾多是我的敵人。」

一陣電流竄過我的身體。

是什麼……？這個「或許怪物」到底是什麼？他還是一樣有病！而且是嚴重的心病！不過太棒了！好棒！我的眼淚沒來由地停不下來！

就在我感動萬分時，聖哉卻不知為何地瞪向我。

「還有……或許這個女神是假的也說不定……」

「！不，我是真的啦！你就別再說下去了！」

我放聲大喊後，戰帝突然大笑，笑聲響徹教堂。

「真是太令我驚訝了。這已經不能用頭腦聰明或直覺敏銳來形容了，該說是謹慎到超越一切道理、常識、權謀詐術，甚至驚天動地、無法理解了……」

戰帝又板起臉孔，瞪著聖哉。

「不過，這只是順序調換了！等殺了勇者後，再來處理女神吧！」

「父、父王！請您住手！這、這種事是……！」

對於想靠近的女兒，父親用黑色的劍尖指向她。

「別妨礙我，羅札利！再靠近就連妳也砍了！」

「怎、怎麼這樣……！為什麼……！」

羅札利與其說是畏懼戰帝的魄力，更像是遭敬愛的人背叛而深受打擊。她失魂落魄地當場跪在地上。

戰帝似乎沒把女兒放在眼裡，愉快地看向聖哉。

「我年輕時，曾夢想要成為『拯救世界的勇者』，卻始終未能實現。所以對我來說，跟你戰鬥是至高無上的喜悅。」

他接著用弒神之劍對準聖哉，擺出架式。

「聖哉！你要小心！那把劍不只能殺我，也能破壞你的靈魂！」

「正如女神所說，只要用這把劍破壞大腦或心臟，你的生命就會消滅，再也無法回到原本的世界。怎樣，第一次跟敵人條件相等的感覺如何？」

聽到戰帝語帶威脅，聖哉哼了一聲。

「那又怎樣？只要贏了就沒問題。」

聖哉沒拿金剛斬劍的右手上，握著出鞘的白金之劍改。

「雙刀流連擊劍……！」

他左手的劍架在上頭，右手的劍則在腰間，擺出臨戰的態勢。戰帝咧嘴一笑。然而下一秒……

「唔……嗚嗚嗚嗚嗚！」

戰帝突然痛苦呻吟，以弒神之劍為杖，拄在地上。

這、這是病要發作了嗎？結束了！這樣一來，戰帝就變得跟小孩一樣了！

但戰帝一邊掙扎，一邊露出自虐的笑容。

「呵呵……我這把老骨頭就如風中殘燭，已經不中用了。不過，今天我就要跟這副身體道別了。如果能取回昔日的榮光，我願意把靈魂獻給魔王……」

戰帝從懷中取出某個東西，放進口中，體內頓時湧出黑色氣息。

「這是魔王連同弒神之劍一起交給我的『魔神靈珠』……這靈珠能把人類變成魔物，副作用就是身體會變年輕……」

在戰帝說話的同時，肉體產生了變化。全白的髮絲變成像羅札利一樣透著青色的藍髮，臉上的皺紋逐漸消失，原本衰老瘦弱的手臂和雙腳也肌肉隆起……高齡八十的戰帝成了二十幾歲的青年。

「呼……呼哈哈哈！力量從體內湧了上來！我得到全盛期……不，甚至比當時更強大的力量！」

戰帝用宏亮的年輕聲音大笑，嘴裡露出尖牙！瞳孔也染成紅色了！

我對化成魔人的戰帝進行能力透視。

**戰帝沃爾克斯・羅茲加爾多**

Lv：90
HP：359985　MP：0
攻擊力：302225　防禦力：293664　速度：257511　魔力：0　成長度：789
耐受性：火、水、雷、冰、土、光、闇、毒、麻痺、即死、睡眠、異常狀態
特殊技能：闇之庇護（Lv：MAX）　攻擊力進化（Lv：MAX）
特技：暗黑光劍（Style Evil-Light）
爆碎暗黑劍（Crash Evil-Light）
邪光裂斬（Massive Evil-Light）
性格：勇猛果敢

……攻擊力超過三十萬？輕鬆超過最後的四天王伊雷札！

戰帝身上散發出的黑色氣息包覆住弒神之劍，讓劍顯得更漆黑！吞下魔神靈珠，獲得闇之力的戰帝高舉起劍！

「聖、聖哉……咦？」

和感到畏怯的我不同，聖哉竟然朝戰帝直直衝去！

「……是大好機會。」

聖哉用雙刀流連擊劍開始猛砍！戰帝雖然用弒神之劍勉強擋下……

「唔……！好奇怪的動作。這是什麼劍法？」

連擊劍是超越人類手臂可動範圍的劍法——還是雙刀流，即使是能力值驚人的戰帝，要防御這快到產生殘影的超高速劍技也很吃力。

「別太得寸進尺了，小子！」

戰帝用力揮劍，憑蠻力揮開連擊劍，之後卻被自己的臂力拉著走，踉蹌了好幾大步。

看到戰帝無法好好控制力量，我才明白聖哉那句「是大好機會」的意思。

原、原來如此！戰帝還沒適應突然恢復青春的身體！

聖哉見戰帝重心不穩，再次對他施展雙刀流連擊劍。這招雅黛涅拉大人直傳的絕技，逼得戰帝節節敗退，旁人也看得出聖哉明顯占上風。再多撐一下，就能突破戰帝的防禦——我這麼想時，戰帝忽然開口：

「雙刀流連擊劍嗎……這劍法厲害，完全不輸伊雷札的六刀流。只不過我……」

戰帝的眼睛迸出比鮮血更紅艷的光輝。

「已經習慣了。」

這一秒，有黑色光芒的軌跡映在我的視網膜上。一瞬間，聖哉右手上的白金之劍改被彈飛在地上。

「接招吧……！暗黑光劍！」

空中出現黑色的幾何圖案！戰帝對只剩單手劍的聖哉使出的，是那一招連六臂的伊雷札都無法防禦的超強劍技！

「聖哉！」

就在我大喊的瞬間，聖哉身上響起骨頭激烈輾壓的聲音。

「……真・連擊劍（Eternal Sword EX）。」

聖哉左手的金剛斬劍沿著戰帝放出的黑光軌跡移動！金剛斬劍彈開弒神之劍的聲音形成猶如耳鳴的連續高音，振動我的耳膜！

真、真・連擊劍？那是雅黛涅拉大人在塔納托斯一戰時用過的招式！聖哉到底是什麼時候學會的？

戰帝也跟我一樣露出讚歎的表情。

「竟然只靠單手劍擋下我的劍技。原來如此，原來如此，這樣當然誰也打不過你。恐怕在這一刻前，你都一路百戰百勝，從沒陷入真正的絕境吧？」

沒錯！聖哉是天下無敵的超天才勇者！你也會很快就被幹掉的！對吧，聖哉？

我這麼想著，看向聖哉的側臉卻倒抽一口氣。聖哉的臉頰上有剛形成的刀傷，血從傷口不停滴落。

——流、流血了……！難道他沒有完全擋掉暗黑光劍嗎？

我看到汗水混合血，滑下聖哉的臉頰。

「從前魔王曾告訴我，受召喚的勇者都是來自於沒有戰爭，彷彿溫水的世界。」

戰帝用深紅的眼睛凝視著聖哉。

「就算你這小子再怎麼有才能，終究還是來自沒有痛苦的和平世界。就讓我來告訴你什麼是血肉橫飛，貨真價實的戰鬥吧。」

# 第四十五章　謹慎的功過

戰帝將弒神之劍扛在肩上，用從容的表情靜待聖哉的下一波攻擊。對方沒有追擊，勇者趁機從胸前取出藥草，貼在被砍傷的臉頰上，回復ＨＰ。

從剛才的劍技來看，是戰帝占了上風。不只是我，聖哉也一定有預感——這將是一場前所未有的苦戰。

「聖哉！破壞術式！只要用你修練後學到的瓦爾丘雷大人的招式，一定能——」

「不，在比劍時會高速移動，破壞術式派不太上用場。」

「怎麼會……！」

「總之，戰帝的能力值會隨著戰鬥上昇，得盡快分出勝負才行。」

聖哉重重地嘆了一口氣。

「原本想把這一招留到魔王戰的……」

聖哉把金剛斬劍放在能馬上拿到的地方，然後取下白金盔甲的手甲。

「咦……聖哉？你在幹嘛？」

聖哉手肘以下的手臂上套著許多手環。他拿下其中一個丟在地上，立刻發出「匡啷！」

的巨響，讓教堂的地板產生龜裂。

——這、這手環也太重了！他以前都一直戴著這個在戰鬥嗎？

聖哉把手臂上的手環一個個拿掉。

話說，這種情形我好像在某個故事看過！是在身上套上枷，保留原本的攻擊力和速度！

從右手上拿掉超過十個枷後，聖哉開始脫左手的。拿掉同樣超過十個的枷後，他拿掉右腳踝的。拿完後，再換左腳踝。等他拿掉總共四十個以上的枷，我原以為終於要告一段落，不料他又拿掉套在上臂的枷。在那之後是拿掉小腿上的……

手枷、腳枷的無限循環彷彿永無止盡，讓我忍不住大喊：

「呃，你到底戴幾個啊？再怎麼說也戴太多了吧！」

全部拿完時，大理石地板上堆起由手環和足環形成的高山。

「這太奇怪了吧？這麼多要怎麼裝備在身上啊！又不是在變魔術！」

但聖哉無視我，朝馬修伸出手。

「從那個袋子拿出備用的白金之劍改。」

「好、好的！」

他接下被戰帝打飛的白金之劍改備用品，裝備在右手上，並架在腰間，將前端跟金剛斬劍的劍尖靠在一起。

「雖然會對手臂造成很大的負擔……不過沒辦法了，就用這個定勝負。」

從聖哉架著的劍和身體冒出光一般的氣息！

「真・雙刀流連擊劍（Mode Double Eternal Sword EX）……！」

喔喔喔！卸下那麼多重量，增加攻擊力和速度後，再使出真・連擊劍的雙刀流版本！這、這樣一定能贏過暗黑光劍！

「準備好了嗎？」

戰帝用愉快的語氣問道，聖哉則搖搖頭。

「既然都等到現在了，就再等一下吧。」

剎那間，聖哉的雙刀竟然被紅色火焰包裹住！

「將『真・雙刀流連擊劍』結合『鳳凰炎舞斬』，就成了……」

聖哉像在展示一般將纏繞火焰的雙劍來回揮動，然後將雙劍劍尖不偏不倚地指向戰帝！

騙、騙人！連拿手的「鳳凰炎舞斬」也加進去嗎？這、這毫無疑問是聖哉目前能使出的最強劍技！

在我屏氣凝神的注視下，聖哉開口；

「真・雙刀流連擊劍鳳（Mode Double Eternal Sword EX Phoenix）……要上了……！」

！是因為名字太長，所以講到一半就放棄了嗎？算、算了，沒關係！總之上吧，聖哉！好好大幹一場啊啊啊啊啊！

擺脫箝制，速度加快的聖哉一眨眼就逼近至戰帝面前！即使如此，戰帝還是憑著反射神經，以弒神之劍擋下聖哉雙劍的其中之一！不過，另一把炎之劍仍向著戰帝的咽喉揮去！

「……暗黑光劍！」

戰帝的劍放出黑光！一把擋下的劍彈開，就隨即以弒神之劍為盾，撥開那把砍向咽喉的劍！接著他轉守為攻，空中再次出現黑光描繪的幾何圖案！但聖哉的炎之雙劍也已經畫出相同的圖形！

火屬性的紅與闇屬性的黑在空中數度交錯，發出聲響。每過招一次就變更快的劍技，連我的眼睛都快跟不上了。！雖然雙方都使出超越人類認知的絕技不斷交鋒……但隨著時間過去，聖哉畫出的紅逐漸吞噬戰帝的黑並擴散，逼得戰帝一步步後退。

很、很好！聖哉占了上風！看來他的「真・雙刀流連擊劍（以下略）」已略勝戰帝的「暗黑光劍」一籌！

我瞄了一眼聖哉的臉，發現他汗流滿面。

——竟、竟然流了那麼多汗……！聖哉這次果然是前所未有的認真……！

很顯然地，這場戰鬥已經無法像過去一樣從容過關。而且，剛才聖哉說過要「用這個定勝負」——換句話說，萬一這一招沒用，到時……

不管我的不安與擔憂，戰帝的肩甲彈飛出去！而他來不及閃避的左手臂，也被聖哉的鳳凰炎舞斬的火焰燒得焦黑！

——行、行得通！贏了！會贏！

就在我心中燃起希望的火時……

「太棒了，你比我之前打過的每個戰士和魔物都還強。不過即使這樣，我還是……」

漆黑光線在空中畫出比之前更複雜的幾何圖形！接著逐漸吞噬聖哉的炎舞斬！

「已經習慣了。」

這次戰帝的驚人劍壓讓聖哉開始後退！

「哎呀呀，你的劍速變慢了。怎麼了？你拿手的戲法已經到極限了嗎？」

戰帝揚起兩邊嘴角。

「這是百年……不，恐怕是兩百年難得一見的驚人才能。不過，這樣還是比不上魔人化的我。如果你贏不過我，就代表你也不可能打敗魔王。」

聖哉連反駁都沒辦法，只從口中吐出紊亂的呼吸。我第一次看到聖哉露出如此痛苦的表情。

我再也無法靜靜旁觀，靠近艾魯魯，搖晃她小小的肩膀。

「艾魯魯！用『急加速』！用妳的輔助魔法支援聖哉！」

但艾魯魯一臉難過地搖搖頭。

「不行……！沒辦法……！」

「為、為什麼？現在正是讓學到的輔助魔法派上用場的時候啊！」

「我已經用過急加速了！聖哉很謹慎，所以進入大教堂前就叫我對他施予魔法了！」

「那現在是施予過急加速的狀態嗎？」

艾魯魯抬頭看我，似乎隨時會哭出來。

「莉絲絲！沒問題吧？聖哉他不會有問題吧？」

「放、放心吧！因為聖哉他——」

『有說過一切準備就緒。』

我差點像往常一樣這麼回答，突然倒抽一口氣。

不……不對！他沒說！聖哉這次沒說那句台詞！

當我發現這一點的同時，一股彷彿被冰錐刺入背脊的感覺襲來。

這、這是「不知道下次會贏還是會輸」……的意思嗎，聖哉？

我有種非常不祥的預感。每次看到被戰帝步步進逼的聖哉，感覺就越真實。

「莉、莉絲妲！我上吧！我一定要救師父才行！」

馬修突然大喊。我一看，他的身體冒出了陣陣熱氣。不久後，馬修的手腳長出鱗片，化成龍人。而變化沒有到此結束。他的身體膨脹，逐漸接近大教堂的天花板。雖然小於龍王母，不過他變成的龍也將近五公尺長。我對化成龍的馬修發動能力透視。

**馬修**

Lv：21
HP：139544　MP：0
攻擊力：91578　防禦力：83333　速度：61496　魔力：0　成長度：67
耐受性：火、水、雷、冰、毒、睡眠、麻痺、即死
特殊技能：攻擊力增加（Lv：8）　龍人化（Lv：9）　神龍化（Lv：1）
特技：龍爪斷罪（Dragon Claw）
性格：勇敢

好、好厲害……！這樣就能以聖哉的伙伴身分參戰了！
羅札利看到馬修打算加入戰鬥，似乎也重新打起精神。
「我也要去。」
她拔出劍。
「阻止那個魔人是我的責任！」
當馬修和羅札利要接近戰鬥中的兩人時……
「……不行，快離開。」
聖哉一邊承受戰帝暴雨般的攻擊，一邊說道。師父的警告讓馬修瞬間退縮，但羅札利仍

衝上前。就在這時……

「別過來！會死的！」

聖哉的吼聲讓羅札利彷彿無法動彈般僵在原地，馬修跟我的身體也震了一大下。

戰帝見聖哉稍微分神到我們身上，抓準這個空檔……

「爆碎暗黑劍……」

將弒神之劍自上方劈下！聖哉迅速翻轉身體，勉強躲過遭到直接擊中，但仍閃不過那足以粉碎大理石地板的衝擊波，被吹飛出去！

聖哉摔在地上，想馬上站起身卻無法如願，腳有些顫抖。

戰帝慢慢逼近還沒完全站穩的聖哉，而我的心臟怦通怦通地跳著。

聖哉！不對吧？你其實像平常一樣還藏了一手吧？一定是這樣沒錯吧？

可是聖哉氣喘吁吁，精疲力竭的模樣實在不像演技。戰帝用冷酷的眼神看向聖哉。

「你從以前到現在，一直都躲在謹慎與小心的牢籠中，過著安全又平穩的日子吧。我現在就來揭開你的偽裝。」

聖哉擠出最後的力氣，用火焰覆蓋右手的白金之劍改。

「鳳凰貫通擊（Phoenix Thrust）……！」

那是曾打倒無敵的達克法拉斯，一擊必殺的突刺技！但戰帝一笑置之！

「太嫩了！」

發出黑光的劍隨著怒吼，搶在鳳凰貫通擊命中戰帝前，穿過了聖哉的右手！

那一瞬間……我懷疑起自己的眼睛！

聖哉握著白金之劍改的手噴出鮮血，連手帶劍飛向空中。

「不要————！」

艾魯魯發出淒厲的尖叫！戰帝則笑了！

「痛覺和對死亡的恐懼，會讓動作停止！怎樣，小子！這才是真正的戰鬥！」

不、不行……！就如戰帝所說，聖哉以前都只打過準備萬全，穩贏不輸的戰鬥！這樣的聖哉不可能忍受得了失去手臂的劇痛！

戰帝打算給聖哉致命一擊，將弒神之劍從聖哉頭上劈下去。

這個絕望的狀況讓我眼前一片黑。包括我在內的在場每個人，肯定都認為戰帝贏定了，而聖哉輸定了。

……不過劍光一閃。金剛斬劍的劍尖帶著力道擦過戰帝的鼻梁。

「……什麼？」

戰帝嚇了一跳，後退一步。我也不敢相信眼前的景象。

即使被砍掉一隻手，鮮血流個不停……聖哉仍跟平常一樣，面無表情地盯著戰帝看。

「竟然……沒有任何變化？」

戰帝沒得到預期的反應，感到一頭霧水，但後來換上誇耀勝利的笑容。

「你只剩一隻手！已經沒有勝算了！」

「……剩一隻手的不只有我。」

聖哉低喃道。

「破壞術式啟動。」

突然間，就像將手上的行李扔在地上一樣，戰帝的右前臂毫無預警地掉下來！

「我、我的手……！我不記得有受到攻擊啊……！」

「指定身體某個部位作為觸媒，把受到的傷害原封不動地還給對方——第九破壞術式(Ninth Valkyrie)『等價返壞(Counter Break)』……」

「不是我砍了你的右手……而是你讓我砍的嗎……」

「麻煩之處在於要隔一段時間才能啟動就是了。」

「呵呵呵……看來我是小看你了。」

這是個奇怪的情景。兩個人沒了右手，也不在意自己正在大量失血，彷彿把痛覺拋到九霄雲外般面不改色地進行交談。

沒錯，現在雙方都只剩一隻手。但有個決定性的不同。戰帝的右手握著弒神之劍掉在地上，而聖哉右手握著的白金之劍改也一樣被打飛了。不過聖哉是二刀流，以在左手的金剛斬劍對著手無寸鐵的戰帝。

……要殺聖哉就需要弒神之劍。戰帝伸出剩下的一隻手，身體一偏，試圖去撿掉落的劍。就在聖哉抓住空檔，接近戰帝的瞬間……

「蠢蛋！就算沒劍，還有拳頭啊！」

戰帝用拳頭使出無法預料的反擊。戰帝跟聖哉的戰鬥經驗有難以超越的差距……原本應該如此。

失去了手臂，究竟為何還能如此沉著冷靜？彷彿看穿戰帝的攻擊一般，聖哉在千鈞一髮之際閃過這一記咆哮的鐵拳！同時以帶著火焰的金剛斬劍使出鳳凰貫通擊，刺穿戰帝的黃金盔甲，命中他的胸口！

「嗚……啊……！」

即使胸口遭鳳凰貫通擊貫穿，戰帝仍開口：

「不、不敢相信……你是怎麼回事……根本是個出生入死過無數次的戰士啊……」

戰帝雙腿無力地跪在地上，倒臥在地面。

聖哉重重呼出一口氣後朝我們走來，但沒走幾步就往前倒下。

「聖、聖哉！」

「師父！」

「聖哉！」

我們趕到聖哉身邊。他用疲憊的表情地望向我。

「莉絲妲，幫我治手。手整個切斷了，用上等藥草無法完全治好。」

「嗯！我馬上幫你治療！馬修！去把聖哉的手臂撿回來！」

「喔、好！」

我立刻施展治癒魔法，先專心止血。我一邊拚命用魔法，一邊偷瞄聖哉的臉。他雖然疲倦，但還是跟平常一樣冷靜。

「那、那個，聖哉，會不會很痛？」

「當然痛了。不過我聽說真正痛到極點時，人會昏過去。既然還有意識，就代表沒痛到那種程度。」

「是喔……原來如此。可、可是，虧你這樣還能這麼若無其事。和塔納托斯打時，你明明是連一點擦傷都嚷嚷著『快治好』的人。我一直以為聖哉的心靈跟豆腐一樣脆弱呢……」

「誰是『豆腐心』啊。我會馬上補滿HP和MP，是為了降低被敵人幹掉的機率才會這麼做。」

「是、是喔！總之，太好了！我還以為這次真的完蛋了呢！」

我鬆了一口氣時……

「嗚哇啊啊啊啊啊！好痛喲，好痛喲——————！」

沙啞的哭泣聲傳來。原來是戰帝變回白髮老人，又退化成幼兒，正摀著胸口哭泣。只是先止血，手臂還沒接回去。但聖哉仍站起身，走到羅札利身邊。

「喂，你父親在哭了。」

「我、我才不管！那已經不是我的父親了！」
羅札利逞強地說了重話。對此，聖哉短短地嘆了口氣後，回到我這邊。
「莉絲妲，幫那老頭治療傷口吧。」
「這、這樣好嗎？」
「我被吵到受不了了。反正魔人化已經解除，就算稍微回復，也不是我的對手。」
「既然你都這麼說了……」
我用回復魔法幫戰帝被刺穿的胸口和斷手做緊急處理。
「嗚嗚……大姊姊，謝謝妳……嗚嗚……」
我幫他止痛後，戰帝擦掉眼淚，露出微笑。
我在聖哉耳邊說：
「嗳，聖哉，傷雖然治好了，可是就這情形來看，他已經……」
戰帝的生命之火就快熄滅了。因為他用「魔神靈珠」將原本就老朽的軀體勉強恢復青春的反作用出現了。
聖哉再次走近別過頭去的羅札利。
「看來老頭的大限快到了。去看他最後一面吧。」
「我剛才也說了吧！這種傢伙不是我的父親！他是把靈魂賣給魔王的魔物！」
就在這時——

啪！

「喔呼！」

聖哉賞羅札利巴掌的聲音在大教堂裡迴盪！

羅札利摀著臉，對聖哉吼道：

「這、這傢伙打算殺掉女神和你耶！這代表他是想毀滅世界！真是帝國之恥！」

啪！

「不、不管你怎麼打，我都不會去看他！絕對不會！」

聖哉不斷地賞逞強的羅札利巴掌！

啪、啪、啪啪啪！

這簡直是重演在奧爾加要塞時的掌嘴場面。

「嗷嗚！」

眼看羅札利快在巴掌暴雨中變成「狗狗」時，聖哉說：

「等他死了，到時妳再怎麼叫，他都聽不到了。趁還活著時跟他說吧。」

雖然表達方法不太好，但就聖哉而言，這是很體貼的話——至少我是這麼想的。祖父、祖母、父親、母親……雖然我不清楚，但或許聖哉過去也曾跟某個重要的人訣別吧。

「嗚嗚……！啊啊……！」

羅札莉一邊哭一邊摀著紅腫的臉頰，瞪了聖哉一眼後，不情願地走向戰帝。
雖然羅札利用冷淡的眼神俯視父親。
「小羅札利……最喜歡妳了……」
但面對戰帝天真無邪的微笑，她仍忍不住跪下來，握住那滿布皺紋的手。
「父王……您好傻……真是太傻了……」
「嗚嗚……對不起喔，小羅札利……對不起喔。」
聞言，從羅札利眼中滾落斗大的淚滴。
「不要緊……！不用再說了……！」
羅札利一邊哭一邊將戰帝的手伸至自己的頭上。
「那個……拜託您，能不能再摸一次我的頭呢……？」
「嗯……小羅札利，好喜歡妳……最喜歡妳了……」
那隻手伸向女兒的頭，但在途中無力地垂下。
戰帝還沒摸到羅札利的頭就斷了氣。
「爸……爸……」
羅札利的哭號聲在大教堂不停迴盪，久久不散。

# 第四十六章　閒談時間

跟聖哉一戰後，王室公布了戰帝沃爾克斯・羅茲加爾多衰老逝世的死訊。葬禮則只由王城的人低調進行。

在這段期間，我們住在由羅札利分配的城內房間。在那之後過了三天，帝都的人民明明已經服喪完畢，但我們為何還留在城裡……是因為聖哉無法移動。自從他走進城內的房間，說要「休息一下」後，就一直睡到現在。

我坐在聖哉的床邊，望著他端整的臉龐沉思。

我快被戰帝殺掉時，勇者瀟灑地登場。對我而言，他就是英雄。雖然或許就如他所說，聖哉是擔心一旦我不在，就得自殺才能回到原來的世界，因此「迫於無奈」而採取行動。不過即使這樣……

「謝謝你，聖哉。」

我將新的冷毛巾放在他的額頭時，艾魯魯和馬修進來房內。

「噯，莉絲絲，聖哉的情況怎樣？」

「嗯，他還在睡。」

「師父他沒事吧？」

「沒事。被砍斷的手用魔法治好了，體力上也沒任何問題。」

「那他為什麼不醒來呢？」

「應該是精神上太疲倦了吧。」

「嗯～畢竟那的確是一場大戰呢……」

我們聊著這些時，聽到房門傳來敲門聲，羅札利走了進來。

「勇者還沒醒嗎？」

她看著床上的聖哉，劈頭就這麼問。

我有兩天沒看到羅札利了。除了舉行她父親的葬禮外，掃蕩伊雷札的殘黨，在下任帝位繼承者一事上取得共識……羅札利該做的事多如牛毛。

不過，羅札利的心情應該很複雜，畢竟聖哉是將她父親逼上死路的凶手。不知道聖哉醒來後她會說些什麼。我正為此憂心不已時，羅札利忽然開口。

「我想……我喜歡的一定不是強悍的父親，而是溫柔的他。」

羅札利用純粹的眼眸望向沉睡的聖哉。

「父親臨死前，如果我沒握起他的手，以後我一定會後悔一輩子。在最後關頭，是勇者要我去見父親最後一面，我很感謝他。」

之後她將視線移向我們，展露笑容。

「你們想在城裡待多久都可以。」

羅札利說完後走出房間。

「嗳，莉絲絲。羅札利小姐是不是有點變了？」

「是啊，畢竟發生了這麼多事，或許有變成熟一點了。」

「話說，羅札利是下任國王……不，是女皇吧？好猛喔。」

「現在的她應該能成為一位英明的君主吧。」

我對兩人露出笑容。

「既然羅札利也說我們想待多久都行……嗳，馬修、艾魯魯，你們要不要去帝都玩？」

聽到我的提議，兩個人都嚇了一跳。

「咦咦！可是聖哉現在明明處於這種狀態！」

「呵呵！就是因為這樣才更要去啊！等聖哉醒來後，又要開始忙著戰鬥和修練了！要玩就得趁現在！」

「或、或許是這樣沒錯啦，可是……」

「你們應該……很想去賭場吧？」

我一搧風點火，少年少女就紅了臉頰，尷尬地點點頭。

「那就去吧！趁這個練功宅醒來前趕快去！」

「莉……莉絲姐……」

「不要緊，馬修！交給我吧！就算這個超認真謹慎勇者醒來，我也會幫你們說話的！」

「莉、莉絲絲……」

「怎麼啦，艾魯魯？表情這麼凝重！妳是擔心聖哉會不會生氣吧！沒關係！再怎麼說我都是女神，聖哉是人類！以主從關係來看，我是主人！沒錯！他就像隨從一樣！」

我仗著他在睡覺，放心地滔滔不絕，但那兩人的樣子非常奇怪。

「不、不是啦，莉絲姐……」

「莉絲絲……後、後面……」

「啊？」

我戰戰兢兢地轉過頭。

「……誰是隨從？」

聖哉站起身，環抱著雙臂，威風凜凜地站在我背後。

「噫咿咿咿咿！」

慘了——————！我、我會被打！會被打、被踢，奶還會被壓扁啊啊啊啊啊啊！

但意外的是，聖哉沒對我做什麼，坐回床上。

——奇怪？竟然沒攻擊我？怎、怎麼可能！他一定是打算等一下再狠狠修理我！

「正好你們都在這裡，那現在就開始針對魔王戰說明接下來的計畫……」

由於聖哉開口說話，我用力拍了一下手。

「好了，大家注意！聖哉大人要說話了！」

馬修一臉疑惑地看著對勇者獻媚的我。

「噯，莉絲姐……賭場呢？」

「啥！這麼重要的時候去什麼賭場！馬修，你連腦袋都長磨菇了嗎？」

「可、可是，莉絲絲，妳剛才說我們可以去玩……」

「說什麼傻話！我才沒說那種話！一句都沒有！」

兩人冰冷的眼神刺上滿口謊話的我。不過我不努力不行，因為我不希望奶再被壓扁。

「……隨便你們，那不重要。我要繼續說了。老實說，跟戰帝那一戰贏得很驚險。關於這一點，我深切反省過了，所以接下來的魔王戰，我得更努力、更努力地修練再去打。」

這個發展要說是不出所料也沒錯，不過感到安心的不只是我，馬修和艾魯魯看起來也似乎鬆了一口氣。

嗯，畢竟是聖哉，我想他絕對不會就這樣打進魔王城……

我用力點頭表示贊同。

「好啊！就照你的意思盡量修練吧！既然魔王有連鎖魂破壞陣這種可怕的魔導具，相信伊希絲姐大人也一定會准許你長期滯留在統一神界！」

「嗯，那麼……」

看到聖哉想起身，馬修和艾魯魯不用他吩咐就拿起道具袋，我也準備要打開通往神界的門。

但是……聖哉再次坐回床上。

「算了……那件事等一下再說，我們偶爾也放鬆一下吧。」

「「「咦！」」」

我們同時張大嘴，不可思議地盯著勇者看。

「聖、聖哉，你剛剛說什麼？」

「我說要稍微休息一下。仔細想想，之前整天在修練和戰鬥，坦白說有點累了。」

「是，是喔，那你要休息多久……兩小時嗎？」

「不，休息個兩三天也不成問題。」

「這、這麼久……！」

馬修戰戰兢兢地開口：

「那、那這段時間可以去玩嗎？」

「當然，隨你們便。」

艾魯魯向上瞟著他問：

「那、那也可以去賭場？」

「嗯，妳想去就去吧。」

「哇！太棒了！」

艾魯魯和馬修高興地跳來跳去，艾魯魯還興奮地挽住聖哉的手臂。

「嗳，嗳，聖哉也偶爾一起去玩吧！」

聖哉一如往常用冷淡的語氣說：

「我想把合成要用的材料更仔細地調查一遍。」

「是、是嗎！說的也是！」

艾魯魯的表情有些沮喪。在沉默片刻後，聖哉看向地面，低喃說道：

「不……好吧，那偶爾去……玩一下吧。」

「「咦咦咦咦咦咦咦咦咦！」」

馬修和我同時大叫。

「玩」？他說「玩」？這個字竟然會從這個勇者口中說出來！

聖哉站起身，對我們說：

「傍晚時回這裡集合。在那之前一起出去玩吧。」

跟聖哉分開後，我們三個走出城，在帝都奧爾菲漫步。

「哎呀～！沒想到師父會說那種話呢！」

「是啊！真讓人嚇一跳呢！」

兩人都很開心。至於我，在城裡時因為顧慮他人眼光，一直保持沉默……

「……呼呼呼……嘻嘻嘻嘻嘻……」

不過從丹田湧上的笑意終於得以解放。

「呀——哈哈哈——！」

我張開雙腳站著，朝天空高舉雙手大喊，把那對少年少女嚇得震了一下。

「怎、怎麼了，莉絲姐？」

「莉絲絲，妳好可怕喔！」

「妳說妳說妳說！我怎麼可能不開心啊？那個狂戰士(Berserker)竟然主動說可以去玩耶！我期待已久的閒談時間終於要開始了！」

「閒談……是什麼？」

「哎呀，你不知道嗎，馬修？冒險故事中一般都會有所謂的『閒談』！比如海啦、山啦、河啦、溫泉啦、泳裝啦，有點色色的畫面啦……就是這種腦袋螺絲鬆脫的情節啊！」

「腦、『腦袋螺絲鬆脫』……有這種事嗎……」

「有啊！可是我們成天不是修練就是戰鬥，我都快受夠了！所以兩位，今天我們要好好瘋一下！」

「那我們快去賭場吧！」

馬修幹勁滿滿地大聲喊道，但我搖搖手指。

「賭場要晚上去才好。而且主菜要等到聖哉來，在那之前，我們先熱身一下吧！」
我看向艾魯魯的服裝。
「怎、怎麼了，莉絲絲？」
「艾魯魯，女孩子不能穿這麼土的長袍出去玩喔。」
「嗯……可是我只有這套衣服……」
我拍拍少女的肩膀。
「我手頭還很充裕！現在去買妳喜歡的衣服吧！」
「咦——！可以嗎——？」
「當然！馬修也一起去吧！我來幫你挑一套帥氣的服裝！」
「真的嗎！太棒了！」
我朝天空揮拳大喊：
「把腦袋的螺絲——鬆開吧啊啊啊啊啊！」
「「好耶！」」
在大街的一角有間服飾店，店內站著一位年約三十多歲的老闆娘，對我們鞠躬說「歡迎光臨」。
「哇！這衣服好可愛喔！」

「這皮衣也很帥！」

兩人對店內陳列的服飾充滿興趣。這也難怪，大部分城鎮的服飾店裡賣的衣服不是很樸素，就是民族服飾，但這裡是帝都，店裡的服飾都很時髦。

角落的專區忽然引起我的興趣。雖然乍看之下很像內衣，不過仔細一看，用的卻是遇水不會變透明的特殊布料。

「哎呀，這難道……是泳裝嗎？」

這裡明明離海很遠，為什麼會賣這種衣服？

老闆娘聽了之後微微一笑。

「那是泡奧爾菲的溫泉時穿的泳裝。」

「咦咦！這裡有溫泉嗎？」

「奧爾菲的溫泉很有名喔。有很多來自帝都外的遊客也會去男女混合的大浴場。」

男女混合……也就是混浴！意思是我可以跟聖哉一起進浴池……？

哈啊哈啊哈啊……我的呼吸悄悄變快。

——糟糕……！腦袋的……腦袋的螺絲要鬆了……！

比起衣服，我更注意泳裝。開始默默找起有沒有適合我的泳裝。

「噯，莉絲絲，妳在做什麼～？」

艾魯魯和馬修湊了過來。

「看泳裝！聽說這裡有溫泉！你們也可以挑件喜歡的喔！」

我們三人一起物色泳裝。在聖哉的世界被稱為比基尼、兩件式的泳裝這裡也有，種類很多，不過每套設計都很俗氣。

順帶一提，統一神界的服裝店比地面世界的流行尖端更時髦，每件服飾都只能說非常出色。相較之下，蓋亞布蘭德是還在發展劍與魔法的世界，雖然這是沒辦法的事，不過在我看來水準的落差非常大。

「都沒有像樣的泳裝呢……算了，挑一套比較能看的好了。」

我說出口的瞬間，發現老闆娘站在我附近。

——嗚、嗚哇！被她聽到了嗎？

但她微笑著。太好了，好像沒有聽到。

老闆娘走近艾魯魯身旁，給她看粉紅色的泳衣。

「這是上下分開的『兩件式泳裝』，您穿起來一定很適合。」

接著拿泳裝在艾魯魯身上比。

「嗯、嗯！很可愛！這套或許不錯喔！」

的確是不錯啦。在這家店的泳裝中，算是差強人意了。

就在我像這樣以自認高人一等的眼光旁觀時，老闆娘走近我。

「這位客人，您覺得這套如何？」

老闆娘只拿了一件像三角褲的泳褲給我。

「咦？不，請問……胸罩的部分呢？」

「沒有，這是省略上半身的『無罩式泳裝』。」

她咧嘴一笑。

「這一定很適合您喔。」

這、這個女人……！她果然有聽到我剛才的話！

我對她露骨的整人手法表示憤慨。

「不，這樣穿泳裝沒有意義吧？胸部都被看光光了吧？」

「您不滿意嗎？那真是沒辦法呢。不然這件如何……」

她拿出另一件泳裝的上半身，只有一邊是布，另一邊只有繩子。

「這是『單乳式泳裝』，很適合您喔。」

我把她遞出的泳裝拍掉。

「這種東西怎麼會適合我！妳當我是蕩婦嗎？啊啊？」

「是這樣嗎？我覺得很時髦啊。」

「到底哪裡時髦了！」

「您想，不是有些人明明眼睛沒問題，卻戴著眼罩，裝成獨眼嗎？這就像是那樣。」

「不要把泳裝跟戴眼罩玩角色扮演混為一談！的確會有人遮住一隻眼睛，但我沒看過有人露出一邊的奶啊！」

「冷、冷靜點，莉絲妲！妳明明是女神，語氣卻變得像流氓一樣耶！」

「都、都怪這女人一直推銷怪泳裝給我！」

「我也有『無褲式泳裝』喔，您覺得如何？」

「！那跟無罩式泳裝合在一起不就全裸了嗎？……夠了！我自己找！馬修！聖哉的泳衣由你來挑！」

「哎呀，那位叫聖哉的先生，莫非是您的男友？」

「沒錯！是男朋友！」

「莉、莉絲絲……！不是吧……！」

「那麼這套『前開式泳裝』，應該很適合您帥氣的男友……」

老闆娘帶著下流笑容拿出來的男性泳裝，在胯下部分開了一條很大的縫。

「嗚、嗚哇……！」

艾魯魯紅著臉。

「這再怎麼說也太過分了！」

馬修感到生氣，但我從懷中掏出裝著金幣的小袋子。

「……這件多少？」

「「妳要買嗎？」」

別說是馬修、艾魯魯，連老闆娘也很吃驚。不過我會買這套泳裝的動機非常簡單。

因、因為聖哉穿了這個，就能把他的大象看光光了……哈啊哈啊哈啊哈啊哈啊哈啊哈啊哈啊哈啊哈啊哈啊哈啊……！

我還把剛才扔在一旁的單乳式泳裝也一起遞給老闆娘。

「這個我也買了！仔細想想，這個可以在晚上用。」

「晚、晚、晚上用？莉絲妲！妳到底是什麼意思？」

「小孩子不用想太多。」

老闆娘聳聳肩，重重地呼出一口氣。

「沒想到……我喝得爛醉翻白眼做的泳裝，竟然會有人買……」

她向我伸出手。

「我認輸。這套單乳加前開的『搞笑泳裝組』……我就算妳套組價，便宜一點吧。」

「謝謝。」

我們熱情地握了手。在氣氛變祥和的店內，我們也買好艾魯魯和馬修的泳裝及衣服後，離開了這家店。

之後，我們抱著櫥窗購物的心情在帝都閒晃。我們也從遠方眺望聖哉說要去的那家道具店，但聖哉似乎不在店內。或許他已經回到王城進行合成了。

我們走著走著看到市場，進去逛了一下。玩完後，順便在那裡買了要在房間裡吃喝的食

材。

不知不覺間太陽要下山了。

「那我們也差不多回去了吧！」

我們兩手提著購物袋，開開心心地踏上回城的路。

我一邊走一邊在腦中擬定今晚的計畫。

……首先去賭場玩，之後去酒吧。喝到微醺後去泡溫泉！然、然後哄那兩個孩子上床睡覺……我跟聖哉就嘿嘻嘻嘻嘻嘻！很、很好！今天我腦袋的螺絲鬆上加鬆！再說，瓦爾丘雷大人也做過一樣的事！她可沒資格抱怨！

我在城裡昂首闊步。

「嘿～各位工作辛苦了！」

快活地對王城的衛兵們打招呼，

不久後，我抵達聖哉的房間。

「哈囉～！聖哉，讓你久等了！來，我們來開派對吧！」

我放聲大喊，可是聖哉不在房裡。

「奇怪？聖哉是去上廁所嗎？」

「會不會還在買合成用的材料？」

「那我們就在這裡等他吧。」

我們等了一個鐘頭，窗外的景色逐漸變暗。

「他是說傍晚沒錯吧？聖哉感覺會嚴格遵守時間才對……」

「嗯～是買東西買得太專心了吧？他一定馬上就會回來了！」

「也對！說的也是！」

可是，又過了三十分鐘……

甚至一小時……

我們怎麼等都等不到勇者回來。

# 第四十七章　勇者消失

因為聖哉太晚回來，我們開始擔心他是不是遇上什麼事，來到聖哉說要去的那間道具店看看。

雖然夜已深，奧爾菲的主要街道上依然燈火通明，非常熱鬧。我們抵達道具店後，向老闆打聽聖哉的行蹤。

「啊，妳是輸給本店藥草的大姊……咦？妳說之前那個男人？不，他沒來，今天我都沒看到他。」

「咦……他沒來？可是聖哉說要買合成用的材料……」

「噯，莉絲妲，他該不會是去這間以外的道具店吧？」

「對喔。噯，奧爾菲有其他道具店嗎？」

「在市郊有一家，不過我們店裡的品項比較豐富喔。」

我們去了老闆告訴我們的道具店，但也是白跑一趟。向那家店的老闆打聽後，也沒有聖哉來過的跡象。後來去了武器店和防具店，結果都一樣。

「我們先回城裡吧。說不定師父已經回去了。」

聽馬修這麼說後，我們決定再回城裡。

剛才我是用小跳步走回城裡，現在卻完全相反，心情鬱悶，腳步也很沉重。

「到底去哪裡了……」

我螺絲鬆脫的腦袋恢復正常，同時有種難以言喻的不祥預感襲上心頭。

不出所料，回城後還是沒看到聖哉。問了王城裡的人，也沒人看到他。

離約好的時間已經超過三小時了吧。我們在聖哉的房裡等人時，艾魯魯低喃說道：

「難、難不成聖哉他……一個人去找魔王單挑了嗎？」

我瞬間吞了一口口水。

「不，絕對不可能！那個謹慎鬼不可能這麼做！他不是說打贏戰帝贏得很驚險，還為此反省過了嗎！要我打賭也行！聖哉絕對不可能直接去打魔王！」

馬修聽了我的話也點點頭。

「的確是不可能。」

「再說，魔王有連鎖魂破壞陣，如果輸了他會死的！他一定會比以前更謹慎，花更多時間準備！」

「嗯……說的也是……可是，那聖哉到底去哪裡了？」

沒錯，我們找了這麼久都找不到人，的確很不尋常。

我站起身，走向房門。

「莉絲姐！妳要去哪裡？」
「我不知道，但我不想坐著乾等！」
我開門衝出去後，在走廊上看到帝國魔法師弗拉希卡。
「啊！弗拉希卡先生！你有看到聖哉嗎？」
我問他，他果然也說不知道。
「喔，眼看要跟魔王對戰，勇者閣下卻失蹤了？」
弗拉希卡將手指抵在下巴思考片刻，最後一臉凝重。
「勇者也是人，該不會是……臨陣脫逃了？」
聽到弗拉希卡的推測，馬修放聲大喊。
「你、你在說什麼！師父怎麼可能逃走！」
「不過羅札利大人也說過，魔王有可以破壞勇者靈魂的武器吧？就我來看，這個勇者還很年輕，會不會是害怕被魔王殺掉……」
「才不會！聖哉怎麼可能會害怕啊！」
我也跟馬修一樣吼弗拉希卡。感覺就像自己被瞧不起一樣，令人火大。
「很抱歉讓兩位不愉快。這只是我妄加臆測，請各位聽聽就好……」
跟弗拉希卡道別後，我在城裡怒氣沖沖地大步前進。但弗拉希卡的那番話在我的腦內重複播放。

——害怕而逃走？那、那怎麼可能……！

聖哉即使被戰帝砍掉手，依舊一派從容。看到他那樣，會認為聖哉的意志其實很堅強。不過……那會不會只是他在逞強呢？會不會其實他很難受又痛苦，挫折到無法再忍耐下去了呢？他在城裡連睡三天，會不會也是因為這樣呢……？

我的想法越來越消極。這時，心裡突然浮現一個猜測，並脫口說出：

「難不成聖哉他……在被魔王殺死前先自殺了……？」

「什、什麼？妳說自殺是什麼意思？」

「這是什麼意思，莉絲絲？」

「如果被魔王殺死，靈魂也會消滅！不過要是在連鎖魂破壞陣不會發動的地方死去，就不會完全消滅，只會回到原來的世界！所、所以聖哉他……」

「騙人的吧！他放棄我們的世界了嗎？」

「我不知道！我怎麼會知道！」

現在已經不是搞什麼閒談和派對的時候了。我叫出通往神界的門。

「既然這樣，只剩最後一個方法！只能去問大女神伊希絲妲大人現在聖哉在哪裡了！」

我帶著馬修和艾魯魯，穿過通往統一神界的門……

一來到伊希絲姐大人的房門前，我沒有敲門。

「打擾了！」

二話不說地闖進去。沒想到伊希絲姐大人反常地不在房內。

相對地，一位我很熟悉的女神獨自佇立在窗邊。

前輩女神阿麗雅朵亞在伊希絲姐大人的房裡，背對著我們眺望窗外的景色。

「阿麗雅？妳怎麼會在這裡？……話說回來，伊希絲姐大人在哪裡？大事不妙了！聖哉突然消失了！我得趕快請伊希絲姐大人找到他才行！」

我連珠炮似的說完後，阿麗雅緩緩回過頭來。

我看到她的臉，嚇了一跳——阿麗雅的臉上掛著兩行清淚。

「阿、阿麗雅？」

阿麗雅沒有拭淚，一臉嚴肅地說：

「莉絲妲，跟我來。伊希絲姐大人在『時間停止的房間』等妳……」

平時很健談的阿麗雅默默地走在神殿裡，我們也一語不發地跟在她身後，心情沉重到彷彿被塞了個鉛塊在胸口。

到了三樓的走廊盡頭，阿麗雅停下腳步。

「這裡就是『時間停止的房間』。」

我隨著阿麗雅走進房間，瞬間覺得輕飄飄的，彷彿踏入無重力空間。距離我們不遠的地方有張桌子，而伊希絲妲大人坐在椅子上。

「莉絲妲，妳來得正好，還有兩位龍族人也是。這裡本來不是人類能來的地方，不過馬修、艾魯魯，你們擁有純淨的靈魂，我特別准許你們進入。」

伊希絲妲大人背後有好多排架子，乍看之下很像圖書館，不過架子上不是擺書，而是保管著許多發出微光的物體。就算不刻意問，我也直覺猜到那就是諸神的靈魂——「聖魂」。

我想問聖哉人在何方，準備開口時……

「莉絲妲，我知道妳想問什麼。」

據說能看到近未來的大女神伊希絲妲大人嚴厲地說：

「我們從結論來說吧。龍宮院聖哉跟你們分開後，就隻身前往魔王城了。」

「什……！」

我、艾魯魯和馬修都啞口無言，驚愕不已。之後我稍微恢復冷靜，對伊希絲妲大人大喊道：

「我、我不相信他會那樣！那個謹慎勇者怎麼可能不修練就去單挑魔王！只要有連鎖魂破壞陣，連聖哉的靈魂都會遭到破壞啊！明知如此——」

「沒錯，而且莉絲妲，連妳的靈魂也會被破壞。龍宮院聖哉知道魔王可能會殺了妳——所以他要去打倒魔王。」

「……啊？」

我完全無法理解伊希絲妲大人在說什麼，只能勉強理出頭緒。

「也、也就是說，聖哉是為了救我而去挑戰魔王……是嗎？哈、哈哈哈哈哈哈哈！那、那絕對不可能！因為聖哉總覺得我礙手礙腳，根本不把我當女神看，不但取笑我，還打我、踢我——」

「龍宮院聖哉的確講話很毒，個性也目中無人，不過他比妳想得還要溫柔。自從他受到召喚成了勇者後，一直把拯救自己的夥伴當成第一要務，看得比什麼都重要。」

「騙……騙人……！」

馬修和艾魯魯聽到伊希絲妲大人的話，也都瞪大了雙眼。

「師父他……對我們是這麼想的？」

「馬修、艾魯魯，龍宮院聖哉起初會拒絕你們同行，是因為不想失去夥伴。不管是對你們冷言冷語，還是平常不讓你們參加戰鬥，都是出於同樣的理由。在某些情形下，他甚至把同伴看得比拯救蓋亞布蘭德的使命更重要。」

伊希絲妲大人仰望遙遠的天花板說：

「所以在馬修被戴斯馬古拉拷問至死前救了你；在龍之鄉，他不忍讓艾魯魯成為聖劍。他甚至不顧自己靈魂遭到消滅的危險，從戰帝手中成功守護了莉絲妲。」

「我、我無法接受！如果這是真的……如果他擔心我、馬修和艾魯魯的生命安全，那就帶我們來神界就好了！然後像之前一樣——不，比之前花更多時間修練不就好了嗎！」

「就算修練也沒有意義了。」

「因為沒有比瓦爾丘雷大人更強的神嗎？就算這樣，只要花時間提昇等級，就能提高贏過魔王的機率！」

伊希絲姐大人把手放上桌上的大水晶球。

「莉絲姐……龍宮院聖哉以偽裝技能層層封鎖，令妳無法一窺全貌的能力值……我現在讓妳看看吧。」

伊希絲姐大人的話語方落，水晶球上慢慢浮現聖哉的能力值。

**龍宮院聖哉**
Lv：99（MAX）
HP：321960　MP：88155
攻擊力：293412　防禦力：287644　速度：268875　魔力：587551　成長度：999（MAX）……

……從凱歐絲・馬其納一戰後，這是我第一次清楚看到聖哉的能力值。數值當然比當時還要大幅度成長。

「好、好厲害……！」

「真不愧是聖哉……！好驚人的能力值……！」

兩人發出感嘆。的確很厲害，不過……只不過，這是……！

「這數值遠遠超過一般的勇者，不過還是輸給魔人化的戰帝沃爾克斯．羅茲加爾多。聖哉能贏過戰帝，是因為有瓦爾丘雷大人的破壞術式。」

馬修像察覺到什麼，用顫抖的手指向水晶球。

「不，等一下……！等級……『MAX』？這是什麼……！」

「沒錯，那孩子的等級已經到達上限。順便告訴你們，這是聖哉跟著雅黛涅拉進行修練後，在龍之鄉跟龍王母戰鬥時的能力值。那孩子的能力值在那之後就完全沒提昇了。」

艾魯魯驚愕地摀住嘴巴。

「從、從那麼久以前就……？」

「證據就是在那之後，他只專注地學習像『光箭』、『破壞術式』等特技。他是想以神的絕招來彌補無法提升的能力值。那孩子也是以自己的方式在煩惱著。」

「可是聖哉他……從沒提過這件事……」

「就算說了也改變不了現狀。他應該是覺得讓你們總是無謂地擔心沒有意義吧。」

眾人陷入沉默，我則握緊拳頭。

「不行……不行……！憑這種能力值，不可能贏過難度S的蓋亞布蘭德魔王啊……！」

「不、不過，莉絲妲，師父有伊古札席翁啊！只要有破壞術式和聖劍的力量，一定還有機會——」

「你錯了……！那把聖劍……伊古札席翁是……！」

艾魯魯就在一旁聽著，但我還是無法抑制湧上心頭的情緒。

「那是……冒牌貨啊！」

我的話讓馬修和艾魯魯臉色發青。

「騙、騙人的吧？那不是用龍王母的劍和艾魯魯的血合成出來的嗎？」

「那樣合成出來的劍不是伊古札席翁！那是為了防止龍人暴動，還有讓你們安心，才假裝有拿到伊古札席翁而已！」

「真的假的……！」

「聖哉……！」

艾魯魯說不出話來。伊希絲妲大人代替沉默不語的我們開口：

「因為自己的成長已經停止，加上沒有能打倒魔王的劍及能防禦魔王攻擊的盔甲，所以他才會向瓦爾丘雷請教破壞術式——以生命為代價來討伐敵人，無法防禦也無法閃避的直擊破壞術式『天獄門』。」

我渾身竄過一陣顫慄。

「天獄門……？怎麼可能！瓦爾丘雷大人有說過，只有那招她絕對不會教啊！」

「莉絲妲，妳也有看到賦予破壞靈力的儀式吧？」
那一瞬間，我腦中忽然閃現瓦爾丘雷大人和聖哉抱在一起的畫面。
——原來那是……傳授天獄門的儀式嗎……？
「聖哉賭上性命要拯救世界的覺悟，連瓦爾丘雷的心都被打動了，所以她才會把絕不外傳的最終破壞術式傳授給聖哉……」
「為什麼……？為什麼……？要是用了天獄門，他必死無疑啊……而且也不能回到原來的世界了……」
「即使這樣，龍宮院聖哉還是去了魔王城。為了將那時沒能保護到的事物……無論如何都無法挽回的過去幻影……這次一定要守護到底……」
「我不懂……我不懂……」
我對大女神伊希絲妲大人大喊。
「我完全聽不懂！為什麼？他究竟為什麼不惜做到這種地步，也要守護我們？」
「……在我回答這個問題前，我也必須問妳一個問題。」
平常和藹可親的伊希絲妲大人，現在用銳利的眼神注視著我。
「女神莉絲妲黛，妳有勇氣面對真相嗎？」

# 第四十八章　謹慎的理由

即使面對大女神伊希絲妲充滿威嚴的表情……

「請告訴我！」

我仍毫不猶豫地回答。

伊希絲妲大人靜靜地點頭後，將雙手放在桌上的大水晶球。

「那麼看吧，妳想知道的真相就在這裡。」

水晶球對伊希絲妲大人的話產生反應，發出光芒，接著像電視機般映出鮮明的畫面。

……畫面中有三個人圍著桌子，坐在椅子上。一個是神官打扮的紅褐色頭髮女孩，一個是披著魔法師長袍，長相俊秀的男子，還有……身穿純白洋裝的美麗女性。我對那位女性有印象，雖然頭髮比現在長，但是不會錯。

我忍不住將視線從水晶球移開，窺看背後。

「這、這是……阿麗雅……嗎？」

至今一直默默旁觀的阿麗雅緩緩走到我身旁。

「那是一百年前的我。而水晶球中的……是救世難度B的世界——伊克斯佛利亞……」

「伊克斯佛利亞？」

這名字似曾相識。正當我努力回想時……

『那麼，差不多該出發了吧。』

耳熟的聲音從水晶球裡傳出來，把我的注意力拉回去。這時畫面中的三人也正好望向聲音的來源。聲音的主人走近這三人，模樣變得清晰。

登場的第四人是穿著鋼製盔甲的高佻男子。就跟阿麗雅一樣，那頭柔亮的黑髮和端正的臉龐，我不可能會看錯。

「聖哉……！」

那是我負責的勇者——龍宮院聖哉。

阿麗雅低喃道：

「龍宮院聖哉起初是我為了攻略伊克斯佛利亞，而召喚來的勇者。」

騙、騙人……！這件事她從來沒提過啊……！

疑問在我腦中打轉，但水晶球中的聖哉繼續說：

『我們現在去討伐奇美拉吧。』

勇者瀟灑地轉身，準備往門外走，卻遭到神官打扮的女子阻止。

『噯，聖哉！打那個還太早啦！根據情報，奇美拉的等級高過我們！我們還是多修練一下比較好——』

『太浪費時間了。總之先打打看吧，這樣比較快，而且我也有策略。』

『那說說看啊！你所謂的策略！』

『嗯，我的策略就是——努力。就這樣。』

『！你是小孩子嗎？哪有那種策略！還是得充分準備後再去才行！』

女神官晃動著及肩褐髮，同時吐槽聖哉。那幅景象稍微緩和了「時間停止的房間」裡緊繃的氣氛。阿麗雅指著水晶球說：

「她是緹雅娜公主。伊克斯佛利亞的大國塔瑪因的公主，在隊伍中負責回復，是為了討伐魔王而中途成為聖哉的夥伴。」

勇者把緹雅娜公主的勸諫當成耳邊風，爽朗地梳起黑髮。

『總會有辦法的（Gonna be ok）。』

『不，完全不懂你這句話是什麼意思！……等、等一下，聖哉！』

勇者完全不聽勸地走出房間，而緹雅娜公主被留在原地，氣憤不已。這時，披著魔法師長袍的男子微微一笑。

『哈哈，還真有聖哉的風格呢。』

『等一下，柯爾特！這根本不好笑！』

至於過去的阿麗雅也跟名叫柯爾特的魔法師一樣苦笑。

『算了，總會有辦法的，反正一直以來都勉強過關了……』

『真是的，連阿麗雅大人也這樣！不能把那個瞻前不顧後的勇者寵壞啦！』

……場景在這裡切換。水晶球映出在那之後的景象。

現在聖哉一行人正在跟巨大的獅子對峙。不，仔細一看那不是獅子。那是背上有翅膀，尾巴是大蛇的怪物——奇美拉。

面對奇美拉，勇者一行人……

『柯爾特！使出你拿手的風魔法！快點！』

『我、我被咬了啊啊啊！緹雅娜，快用回復魔法治療我啊啊啊！』

『冷靜一點，柯爾特！我會治療你，你別亂動！』

『等一下，緹雅娜！別管科爾特，先治療聖哉！我現在看到他ＨＰ剩２了！』

『騙人的吧？……嗚，嗚哇！胸口開了一個洞啊！』

『不，我不要緊。意外地完全不會痛，還很舒暢呢。意識朦朦朧朧的，好像在作夢一樣。』

『那是因為你快死了啊啊啊啊啊啊啊！』

……整個亂七八糟，跟輕鬆獲勝相差甚遠，根本是混戰一場。即使如此，他們還是勉強險勝奇美拉，之後勇者用顫抖的手做出勝利動作。

『妳看吧，不就贏了嗎？』

『你才是給我看清楚！大家都渾身是傷耶！』

『不過還是贏了，這樣不是很好嗎？』

『一點都不好！柯爾特的腳都皮開肉綻了！』

『嗚嗚……緹雅娜……趕快治療我吧……！』

『好，那我們趕快去討伐魔偶吧！』

『？我不是才說過柯爾特的腳皮開肉綻了嗎——！』

……在時間停止的房間裡，我們屏氣凝神地注視著水晶球中的景象。

「話說……這真的是師父嗎……！」

「感、感覺跟羅札利小姐好像……！」

我非常同意馬修他們的低喃。聖哉的言行簡直就是羅札利……不，就有勇無謀的程度來看，甚至有過之而無不及。

雖然我們感到退避三舍，阿麗雅卻一臉懷念地微微揚起嘴角。

「聖哉他啊，本來是這種個性。他最討厭升等，是只顧往前衝的類型。即使如此，聖哉在戰鬥上有天生的才能，即使等級比對方低，即使不做任何準備，依舊能勉強打倒敵人。雖然也會像剛才打奇美拉時一樣遇到大危機，不過看到勇者勇往直前，不知不覺間，我們開始對他感到放心，也充滿憧憬。」

在這之後，水晶球播放了聖哉一行人戰鬥的短片段。

魔偶、龍、獨眼巨人……聖哉他們即使遇上各種強敵，傷痕累累，卻繼續前進。他們常在千鈞一髮之際驚險獲勝，但不知為何，看起來很開心。和我所熟知的單打獨鬥的聖哉完全不同。借助夥伴的力量，在苦戰中贏得勝利，跟大家一起分享那份喜悅。這一定是因為他們很信任聖哉，聖哉也很信賴夥伴的關係。

「我們就這樣過關斬將，一路打到魔王。」

阿麗雅低喃——映在水晶球上的景色也同時變了。

這次的場景似乎是在晚上。只有聖哉跟緹雅娜公主坐在火堆旁聊天。

『聖哉，終於只剩下魔王了呢。』

『是啊，明天早上就要出發，妳也差不多該睡了。』

『我有點不安，睡不著。噯……我們不去賢者之村真的可以嗎？』

「嗯，我們已經拿到能打倒魔王的武器了，沒必要特地跑去那麼遠的村子。」

「可是阿麗雅大人說，在那裡能得到關於魔王的情報……」

「緹雅娜，我想盡快打倒魔王。」

面對頑固的勇者，緹雅娜公主重重地嘆了一口氣，之後投降似的笑了。

「聖哉你啊，從我們第一次相遇時就是這樣，既不修練也不做準備……」

她換上有些嚴肅的表情。

「你今天可以告訴我了吧？為什麼你要打得這麼趕……」

「我說了很多次吧？沒什麼特別的理由。」

「真是的！不管我怎麼問，你總是這麼回答！明天我們的旅程就要結束了喔，所以拜託你別再瞞了！……好嗎？」

聖哉沉默片刻後，低聲說道：

「如果我們走得越慢……我們沒打倒魔王的日子越長……這個世界的人也會繼續受苦，所以我們要往前進。」

聖哉說完後，有些難為情地搔搔頭。

「是嗎……原來是這樣啊……」

緹雅娜公主把自己的手放上聖哉的手，而聖哉以手指纏繞住那隻手，緊緊握住。

「緹雅娜，多虧有妳的回復魔法，我才能撐到現在。總是勉強妳，真是抱歉。」

『沒、沒關係啦。這次一定也能過關，所以……說出那句台詞吧。只要聽到那一句，我就會很安心。』

聖哉抬頭仰望滿天星斗，開口說：

『總會有辦法的。』

緹雅娜公主微微一笑。

……畫面又切換到其他場景。伊希絲妲大人緊盯著水晶球，用嚴肅的語氣說：

「接下來是跟伊克斯佛利亞的魔王戰鬥的經過。」

畫面中出現的，是顯然滿身瘡痍的勇者一行人。他們氣喘吁吁，包圍著一隻有綠色皮膚、血盆大口長滿獠牙，手腳共有八隻，既醜陋又巨大的怪物。這副捨棄魔王的尊嚴，專為滅敵特別強化的模樣，恐怕是魔王的最終形態。牠身上不停流出紫色體液，跟聖哉他們一樣感到難受。

聖哉擠出最後的力氣，高舉手中的劍。聖劍彷彿在呼應聖哉的意志，發出眩目的光輝。當勇者以破竹之勢一揮下聖劍，魔王的龐大身軀就斷成上下兩截。

臨死的慘叫聲傳遍整座魔王城，隨後同伴們的歡呼聲轟然響起。

阿麗雅衝到聖哉身旁。

『你辦到了！聖哉！』

『沒、沒問題嗎？牠真的死了嗎？』

緹雅娜公主一臉不安。

『我用能力透視確認過了！魔王的ＨＰ已經歸零！我們打倒它了！』

聽到阿麗雅這句話，公主似乎放下心中大石，無力地跌坐在地。聖哉在她身旁低喃：

『我不是說過了？總會有辦法的。』

『真是的！你在說什麼啊！就算贏得驚險也該有個限度！』

同伴們即使疲憊至極，還是為緹雅娜公主的話笑成一團。魔法師柯爾特也笑得很開心。

不過就在這時，忽然有紅色液體從柯爾特口中流出。

『咦……』

大量血液從柯爾特口中滴落。柯爾特也一定搞不清楚自己身上發生了什麼事。

……只剩上半身的魔王從口中伸出銳利如劍的舌頭，貫穿柯爾特的胸口。

緹雅娜公主目睹突然發生的慘劇，放聲大叫。

『柯爾特！』

魔王像爬蟲類以舌頭捲取獵物般，將柯爾特吞進巨大的嘴中。或許是因為吸收了養分，

原本只有上半身的魔王瞬間長出下半身。

阿麗雅臉色蒼白，渾身發抖。

『怎、怎麼可能！體力的確歸零了！魔王應該死了啊！』
恢復體力的魔王迅速跳到阿麗雅面前，用四隻手臂一把捉起她，露出誇耀勝利的笑容。
『我的命有兩條，雖然失去一條，不過另一條還在。』
『豈有……此理……！快、快逃啊，聖哉、緹雅娜……這樣是贏不了的──』
阿麗雅的忠告講到一半就中斷了。因為魔王把阿麗雅吞了下去。
『咯咯咯咯！有了兩人分的養分，就能完全再生了！』
聖哉拄著劍試圖站起身，但疲勞似乎讓他站不穩。
『緹雅娜……妳還能使出回復魔法嗎……？』
『對、對不起，聖哉……我已經沒有魔力了……』
平時好強的緹雅娜公主雙眼含淚，滿臉抱歉。聖哉則把手放在緹雅娜公主的頭上。
『妳不用道歉。都怪我沒做好該做的準備。』
聖哉接著把緹雅娜公主用力推開。
『快逃，緹雅娜。』
聖哉往前一步，保護緹雅娜公主。
但魔王卻跳過聖哉，直接衝向緹雅娜公主。
『豈能讓妳逃了！我要先殺了那個女人！』
『住手……』

聖哉想趕去緹雅娜公主的身邊，但身體已不聽使喚。他悽慘地倒在地上，只能在原地瞪著魔王。

魔王接近害怕的緹雅娜公主，凝視她的腹部。

『什麼……？這女人的肚子裡有微弱的生命反應……』

平常發生什麼事都面不改色的聖哉臉色變了。魔王回過頭，將醜陋的臉轉向聖哉。

『是嗎！這是你的孩子嗎！』

魔王看到聖哉產生動搖，露出嘲諷的惡魔笑容。

『我就把胎兒從肚子裡拉出來吃掉吧！將這對母子獻祭給我即將開始的新世界！』

『住手……給我住手……』

這一瞬間，水晶球的畫面突然中斷。

「……就放到這裡吧。」

看到畫面突然被切掉，我本來很困惑，不過我很快就明白伊希絲妲大人不讓我們看後續的理由。

因為阿麗雅在我身旁痛哭流涕。

「這不是聖哉的錯……！是我的責任……！如果我要他們去賢者之村，事先打聽到魔王的祕密……！這是身為負責女神的我該負的責任……！」

聽到阿麗雅的嗚咽聲，我同時想起一件事。
負責過三百個異世界的阿麗雅唯一沒救到的世界……就是伊克斯佛利亞……！而且……
原來如此，不但同伴遭到殺害，連深愛的人及其腹中的小生命也難逃一劫……！就是因為經歷過如此殘酷的事，聖哉才會變得那麼謹慎……！

我自認為在腦中冷靜地進行分析，但是……
「唔、喂，莉絲妲？」
「莉絲絲？」
「……咦？」
聽到兩人的聲音，我才察覺到。
有溫熱的液體正不斷流下臉頰。眼淚從我眼中泉湧而出。
「嗚嗚……嗚……嗚嗚嗚嗚嗚……！」
淚水停不下來！喘不過氣！胸口就快裂開了！
——為什麼……為什麼我會這樣……？
「……是留存在靈魂的記憶甦醒了嗎？」
伊希絲妲大人用嚴厲的口吻說：

「莉絲妲黛……龍宮院聖哉沒能救到的緹雅娜公主……就是轉生為女神之前的妳。」

那……那個公主就是我……？我本來是人類嗎……？怎、怎麼可能……！

伊希絲妲大人似乎知道我不相信，續道：

「妳誤會瓦爾丘雷跟聖哉相擁時，曾莫名地感到憤怒吧？那是因為妳跟聖哉以前是戀人的記憶，還稍微殘留在靈魂裡。」

「唔……！」

伊希絲妲大人的這句話讓我無話可說。當時，我感受到有股悲傷、憤怒及懊惱從內心深處泉湧而出。這間接證明了我跟聖哉前世的確是一對戀人。

「由於阿麗雅殷切的祈求，加上緹雅娜公主生前的善行，讓妳死後得以轉生成女神。」

我錯愕地呆站原地，伊希絲妲大人則繼續說：

「對身在時間流逝緩慢的統一神界的妳來說，這是一百年前的事，對龍宮院聖哉而言才不過一年前……這次妳會選擇龍宮院聖哉來攻略蓋亞布蘭德，並非偶然，是命運將你們牽引在一起。當然，龍宮院聖哉跟妳一樣，也不記得過去的事。證據就是他也忘了阿麗雅。但即使如此，當年沒救到伙伴的悔恨刻印在他的靈魂上，而這份心情在勇者召喚時，化為某個語詞表現出來。」

「……某個語詞？」

「妳還記得嗎？那孩子見到妳後，馬上說了『固有性質（Property）』。」

我還記得。為了讓聖哉產生興趣，我要他說出「能力值」……但聖哉故意唱反調，說出「固有性質」。

「這就是當時那孩子看到的影像。」

我看著映在水晶球上的畫面，說不出話來。

「這、這是……！這就代表……！」

「他是個聰明的孩子，光是看了這裡頭記載的內容，就正確掌握到自己的處境。他明白自己以前也受到召喚，最後以失敗收場。」

當我感到坐立難安，正想叫出通往蓋亞布蘭德的門時，阿麗雅喊道：

「莉絲妲？妳到底要做什麼？」

「這還用說！我現在要去聖哉那裡！」

「不要！拜託妳別去！我不想再失去妳了！」

阿麗雅拉住我的手，試圖阻攔我，而我握住她的手。

「阿麗雅，謝謝妳至今為我做的一切，但我不去不行。因為聖哉是我重要的人，我不能讓他孤軍奮戰。」

「莉絲妲……」

伊希絲妲大人用莊嚴的神情看向我。

「魔王現在得到了連神都能殺死的連鎖魂破壞陣，即使妳在這裡放棄，我也不會責備妳。不，我反而建議妳放棄。龍宮院聖哉也一定希望妳這麼做。即使如此，妳還是要去嗎？」

「我要去！當然要去了！」

「……看來就算我阻止也沒用了。」

我默默點了頭後，一邊詠唱咒語，一邊特定出現在蓋亞布蘭德的位置。

聖哉他……那個謹慎勇者去魔王城前，一定也料想到我們會察覺這件事！就算現在把門開在魔王城附近，應該也來不及了！

伊希絲妲大人看穿我的心思，靜靜地告誡道：

「妳要把門開在魔王城深處的最終決戰地嗎……這已經超過女神支援的範圍了。」

「沒關係！之後要我接受什麼懲罰都無所謂！」

我斷言後要穿過門時，有人抓住我的手臂。

我回過頭，馬修和艾魯魯用真摯的表情注視著我。

「馬修、艾魯魯，我不會讓你們一起死。如果真的很想回蓋亞布蘭德，之後請伊希絲妲大人把你們送到安全的地方吧。」

馬修用力搖搖頭。

「莉絲妲對伊希絲妲說的話，也是我想說的！我們當然也要去！」

艾魯魯也眼中含淚地用力點點頭。

「我和馬修的命都是聖哉救回來的！既然聖哉有生命危險……我們也一定要去！」

我看著兩人純真的眼眸，一句話也說不出口。因為這兩人的心情跟現在的我一樣……

我靜靜點點頭，答應讓他們同行。

我把手放上門的瞬間，聽到伊希絲妲大人在背後說：

「魔王已經布下『連鎖魂破壞陣』，張開的魔力網也妨礙了我的預知能力。接下來會發生什麼事，我無法預測。」

她說最後這句話時，聲音似乎有些沙啞。我回頭一看，發現伊希絲妲大人正用滿是苦澀的表情看著我。

「莉絲妲黛，妳要小心。」

「謝謝您。」

我深深一鞠躬後穿過門。

——我現在要過去了，聖哉。雖然我去可能沒什麼用，但即使如此，我們是伙伴，不能讓你孤獨地死去。

通過跟蓋亞布蘭德相連的異空間只需片刻。我回想起伊希絲妲大人展示聖哉的「固有性質」時，上面所寫的內容……

『要謹慎、謹慎再謹慎。即使被排斥、被討厭，都要貫徹到底。這次一定要拯救世界、夥伴和重要的人。』

# 第四十九章　我也是



我們一走出門，周圍是片分不清上下的黑暗空間。同時，我感覺到令人發毛的氣息。我的直覺告訴我，這一帶已啟動連鎖魂破壞陣了。

「這、這是什麼地方？」

「我們不是來到魔王城了嗎？」

艾魯魯和馬修叫嚷著。我的確把門開在魔王城內的最終決戰地，這恐怕是魔王的魔力。他把戰場變成對自己有利的黑暗領域。

這裡是化為異空間的魔王之間。在黑暗的彼端，有靈氣在微微發光，彷彿是人類最後一絲希望化為實體一樣。我看到後，低喃開口：

「聖哉……！」

在距離我們大約數十公尺的前方，勇者正在跟魔王對峙。難度S的蓋亞布蘭德魔王以人型登場，身穿盔甲，一臉從容地看著聖哉。雙方似乎都沒有損耗，看來戰鬥還沒開始。

趕上了……但我才放心沒多久，聖哉把左手疊上右手，對準魔王。這個動作讓我瞬間僵住。

——那、那是瓦爾丘雷大人的最終破壞術式！施展後過了三十秒，會有靈魂遭到破壞的代價等著聖哉！

「等一下！住手啊，聖哉！」

我大叫的同時衝過去，但聖哉沒聽到我的呼喊。他只是用銳利如箭的眼神看著敵人，然後……

「最終破壞術式……『天獄門』……！」

他正氣凜然的聲音響遍黑暗空間。剎那間，一座巨大的門伴隨著白色瘴氣，出現在聖哉的頭頂上方。同時，一直跟聖哉對峙到剛才的魔王也消失無蹤。

當黑色的門冒出瘴氣打開時，魔王已身陷天獄門內了。門楣上的石膏女神滿臉鮮血，高聲大笑。

「嘰咯咯咯咯咯咯咯咯咯咯咯咯咯咯！」

這個來自破壞女神，無法迴避的終極神技讓魔王露出驚愕的表情。

「什麼……！這空間明明有布下反魔法領域(Anti-Magic Field)……！」

「破壞術式不是魔法，所以不管在什麼狀況下都能發動。」

「破壞……術式……？」

魔王扭動身體，試圖從門裡爬出來，但裝在黑門內側的無數利針刺穿他的盔甲，刺進體內。魔王看到自己的手臂流下黑色血液，臉色大變。

「除了聖劍伊古札席翁以外，竟然有東西能傷到我的身體？怎麼會有這種物質……不，怎麼會有這種招式……！」

原本是人型的魔王隨即產生變化，雙眼染紅，嘴巴撕裂並露出獠牙，換上惡魔的外表。同時將膨脹變粗的紅黑色雙手按在門上，企圖把緩緩闔上的門推開。即使如此，天獄門的力量超越魔王，就像死神塔納托斯無法抵抗門關上的力量，門緩緩關上。不過，魔王的身體又發生變化。他撐破身上的盔甲，從兩側長出強壯的新臂膀。變成跟伊雷札一樣有六臂後，魔王不顧雙臂鮮血淋漓，打算扳開門扉。

然後……映入我眼簾的景象，讓我好希望這是場夢！天獄門的門扉竟然輸給了魔王的蠻力，慢慢地打開了！

艾魯魯和馬修發出顫抖的聲音。

「騙、騙人的吧……！」

「他要爬出來了！」

難以置信的光景讓我的身體也顫抖起來。

──怎、怎麼這樣……！聖哉賭上性命使出的破壞術式……！

魔王一半的身體爬出門外，張開血盆大口獰笑。

「人類……別太小看我啊……！」

不過下一秒，魔王的表情僵住！在他的視線前方是飄浮在空中的勇者！聖哉早就用「飛翔」技能來到浮在半空中的天獄門前，拿劍等著魔王了！

「難度S的蓋亞布蘭德的魔王，我從沒小看過你。我早就想過你一定會這麼做了。」

聖哉把包裹著火焰的金剛斬劍用力往後一拉……

「鳳凰貫通擊……！」

那記將戰帝的胸口連黃金盔甲一起貫穿的突刺，刺向魔王的胸口！但金屬碰撞聲同時響起！果然非得是伊古札席翁才能傷到魔王的身體！即使如此，聖哉還是想憑著蠻力把魔王再推回門裡！

「你的劍沒用！不要以為耍怪招就能封住我！」

魔王的怒吼如雷貫耳！他的身體更爬出來一些，並用六臂中的一隻手痛毆聖哉的腹部！壓倒性的速度和力量讓聖哉防禦不了，飛了出去！

「嗚……！」

聖哉勉強站穩，重整態勢，口中卻猛地吐出血來。

「師父！」

「聖哉！」

兩人放聲大喊，但聖哉用手臂擦去嘴邊的血，馬上再度使出飛翔。比起治療身上的傷，把魔王封進門內更重要。聖哉拿著劍的關節發出吱嘎聲，響徹四周。

「真‧連擊劍……！」

勇者使出雅黛涅拉大人的絕招，但魔王發出嘲笑。

「蠢蛋！我都說你的攻擊沒用了！」

聖哉施展連擊劍，斬擊開始如驟雨般狂洩而下，魔王卻毫不防禦，使盡全力要爬出門外……但是！劍一碰到魔王，魔王的上半身隨著皮開肉綻的聲音，出現無數道割傷！

「不是伊古札席翁的劍……！竟然砍傷了……我的身體……！」

魔王面對這費解的現象，扭曲了表情！我也無法理解發生了什麼事！

——為、為什麼？用鳳凰貫通擊時，明明還完全傷不了魔王啊！

聖哉用一隻手施展連擊劍，同時將另一隻手握著的東西丟向魔王。

「咚」的一聲輕響，那個物體往下墜落，掉在黑暗空間中。

「剛才那是什麼……？」

魔王愣了一下，聖哉則哼了一聲。

「是莉絲妲毛娃娃。」

！咦咦咦咦！那是用我頭髮做的丟臉娃娃！他、他竟然用了？在這種緊要關頭？都沒有緊張感了啦！不、不過，原來如此！用鳳凰貫通擊的目的不是把魔王推回門內，而是把金剛斬劍插入門內，跟能破壞有形或無形的一切的「破壞之針」進行合成！也就是說……！

魔王看到勇者的劍跟天獄門一樣冒出白色瘴氣，倒抽一口氣。

「這是不存在於這世上的冥界之劍——『冥王斷罪劍（Valhalla Blade）』。」

聖哉將冥王斷罪劍往後用力一拉！一股類似氣魄的光之靈氣從勇者身上出現，擴散到整個黑暗空間！

「回歸根源吧……！『冥王貫通擊（Valhalla Thrust）』……！」

當聖哉全力使出的光之突刺擊中魔王的眉間時，頭蓋骨碎裂的吵雜聲和魔王的哀嚎在黑暗空間中迴盪！同時，原本要扳開門的手也失去力量！聖哉放開刺進魔王眉間的冥王斷罪劍，在空中轉身，使勁踹上劍柄！這股衝擊力讓魔王的六臂完全放開了門！

「可、可惡……！」

魔王發出充滿恨意的怒吼……

「嘰咯咯咯咯咯咯咯咯咯咯咯咯咯咯咯咯咯咯咯咯咯！」

被天獄門門楣上的女神狂笑聲蓋了過去。

之後……門一邊冒著瘴氣，一邊發出沉重的關門聲闔上。

「太、太好了……！門關上了……！」

馬修低喃說道。

「聖哉！」

艾魯魯大喊。

原本在飛翔的聖哉搖搖晃晃地降落至地面，像斷了線的人偶般直接倒下。

「聖哉！」

我們朝聖哉跑過去。來到他身邊時，不僅是被魔王攻擊的地方，聖哉全身都像遭到割傷一樣出血。施展天獄門後已過了三十秒，身體為了付出代價開始崩壞了。

聖哉對噴濺出血液的身體毫不在意，茫然地看著我們。我抱起聖哉後，他用帶著睡意的聲音說：

「莉絲妲，妳竟然抄捷徑來魔王之間，平常掛在嘴上的神界規定都到哪裡去了？」

「笨蛋！現在哪顧得了規定啊！你要是死在這裡，就回不去原來的世界了喔！」

「嗯，可是我打倒魔王了。」

看到勇者一臉滿足，我不禁動怒。

「如果你真的謹慎，除了打倒魔王的方法以外，也要想辦法讓自己別死啊！」

換作是平常，聖哉早就回嘴，會對我又踢又打。不過，他現在已經累到連這種事都做不到，只能沉默以對，之後……慢慢閉上眼睛。從他身上流出的血量多到足以致死，在地上形成一灘大血窪。

「聖哉！」

「師父！」

兩人哭著搖晃聖哉的身體，但聖哉沒有反應。再過幾秒，天獄門的代價肯定會把聖哉的生命吞噬殆盡。

馬修和艾魯魯放聲大哭時。

「怎麼能……讓你死啊……！」

兩人用充血紅腫的眼睛仰望我。

「不要隨便給我死！你在搞什麼啊！說什麼傍晚就會回來，根本是騙人的！我還有很多事想做耶……像是去賭場、喝酒、泡溫泉、展示有趣的泳裝……多的不得了耶！」

我把已經無法傳達給他的話罵完後，用足以撼動黑暗空間的大音量吼道：

「執行神界特別處置法！」

接著我向在統一神界的伊希絲姐大人祈求。

「請將女神莉絲妲黛所擁有的治癒神力完全解放」——！

突然間，在我心中響起不像伊希絲姐大人的聲音。

——莉絲妲黛，妳透過門移動到最終戰場，已嚴重牴觸神界的規定。再這樣下去，我也無法袒護妳。至深神界可能會對妳降下裁罰，剝奪妳女神的稱號。

不過我以堅定的決心回答伊希絲姐大人。

——沒關係，我已經有所覺悟，無論什麼處罰我都願意接受。而且……

我以爽朗到連自己都驚訝的心情，對伊希絲姐大人說。

——我想，我一定是為了今天這一刻才會成為女神的。

在片刻的沉默後……

——我知道了。接下來我會解放妳所有的神力……

伊希絲妲大人的聲音響起。

然後……

「莉、莉絲妲？」

「莉絲絲？」

馬修和艾魯魯看到發生在我身上的變化，大吃一驚。我全身被眩目的光芒包圍，好像突然出現在黑暗空間的太陽。

——一定是前世沒救到你的後悔，賦予了我這份力量。我現在就讓你見識一下，治癒女神超越天獄門破壞的力量……

我憐愛地撫摸聖哉鮮血淋漓的臉龐。

沒錯……我也是……

「一切準備就緒！」

# 第五十章　快樂結局

聖哉遭無形的利刃切割，不斷大量出血。我把手放在他的身體上。當我發出柔和光芒的手掌碰到聖哉的皮膚，該處的傷口就瞬間恢復原樣。可是……

「不妙啊，莉絲妲！不管妳怎麼治，傷口還是一直增加啊！」

就如馬修所說，新的撕裂傷不斷出現，像在對抗我的力量。

即使如此，我還是有勝算。天獄門不會一直索討代價，證據就是瓦爾丘雷大人以神界特別處置法增加體力，預防代價。既然傷害量是固定的，只要治癒力能凌駕傷害量，聖哉就會得救。

我讓聖哉躺在我的大腿上，一邊仔細注意腦部和心臟的狀況，一邊持續治療。

如果是人類，魔力早就見底了。艾魯魯看著我把大量治癒力灌入聖哉體內，眼神滿是擔憂。

「莉絲絲……莉絲絲妳不要緊吧？」

「嗯，我好得很呢。」

我對艾魯魯露出笑容。這不是在虛張聲勢，有股力量無窮無盡地從身體深處湧出。那是有別於魔力的「神力」，不像ＭＰ是數值化的概念，而是「無限」。

——我救得了。我會救給你看。這次讓我們迎向快樂結局吧，好嗎……聖哉？

不知道到底經過了多少時間，好像非常漫長，又好像極為短暫。聖哉身上出現的傷開始減少，馬修和艾魯魯的臉上也燃起希望。但我不敢鬆懈，繼續專心治療。到後來……傷口終於不再出現了。

「結、結束了嗎，莉絲姐？」

馬修低聲詢問，我點點頭。

天獄門的代價宣告結束，但聖哉還是沒醒來。馬修和艾魯魯不安地望著聖哉。不過我因為完全取回了女神之力，所以能敏銳地感覺到聖哉身上的生命反應。

過沒多久，聖哉的眼睛緩緩張開。

「……我還……活著嗎？」

勇者半夢半醒似的喃喃自語。馬修和艾魯魯見狀，高興得跳起來。

「師父！」

「聖哉！太好了！太好了！」

之後兩人用崇敬的眼神看我。

「好厲害！妳好厲害喔，莉絲絲！」
「莉絲姐，妳真的好強！就像女神一樣！」
「！不，我本來就是女神啊！」
聖哉枕在我的大腿上仰望我。
「是妳救我的嗎？」
「是啊……」
「聖哉……」
我的眼眶發熱。枕在大腿上的，是我還是人類時最心愛的人。
我捧起聖哉的頭，將嘴唇湊近。
這時，額頭被用力推開——聖哉用手擋住我的額頭，拒絕索吻。
「咦？奇怪，等一下，咦、咦，為什麼？」
「這是我要問的。妳想趁人不備時幹嘛？」
聖哉接著迅速站起身，別過頭去。
「聖、聖哉？你用不著害羞啦！我是你最愛的伴侶啊！是你最、最、最心愛的莉絲姐！就算接吻也完全沒問題喔！」
我一邊大喊，一邊想抱住聖哉，但他把我推開。
「住手，走開，我完全聽不懂妳在說什麼。」

「我才不住手！不走開！讓我吻你吧！這是女神命令！」

「妳給我差不多一點，不然我要揍人了。」

「我知道！我已經全都知道了！你是在耍傲嬌吧？其實你明明最喜歡我，甚至願意用生命守護我！」

就在那一瞬間，突然「咚」的一聲！一陣劇痛襲上我的腦門！

「……哦——？」

我用手按住被打的地方。受到勇者超於常人的一拳，我的頭血流不止。

「流、流血了……！」

「我都說會揍人了。」

勇者用冰冷的眼神看我，而我抖個不停。

「你不知道要控制力道嗎？要是我死在這裡，就不能復活了耶！」

「我反倒希望妳別復活了。」

「你、你這傢伙……！」

不是，伊希絲妲大人，您說的是真的嗎？我真的是聖哉以前的戀人嗎？他對我比對家畜還糟耶！

當我為自己不惜打破女神的規定救他感到後悔時，聖哉搔了搔臉。

「不過……虧妳在那種情況下能治好我。」

他看向我，自大地說：

「好，就把妳從下藥草女昇格為中藥草女吧。」

「！這完全高興不起來！」

原本幻想有深情擁抱和熱吻的我感到失望。

當我正對這微妙的快樂結局有所不滿時，艾魯魯拉了拉我的手臂。

「莉絲絲……為什麼……？」

「他、他一定只是不好意思啦！其實他對我……不，對我們是很重視的……我是這麼想的啦……」

嗯……不過，總之先轉換心情吧！反正已經打倒魔王，也救到聖哉了！這樣就好了！

但艾魯魯繼續拉我的手臂。

「不對，不是啦，莉絲絲……」

「咦？妳是指什麼不對，艾魯魯？」

「嗳……為什麼……」

艾魯魯以尖銳的聲音大喊：

「為什麼天獄門還沒消失？」

我嚇了一跳，順著艾魯魯顫抖的指尖看去。

就如她所說，詭異的天獄門依然浮在半空中。不過門緊緊關上了，沒有任何問題……當我要這麼開口時。

「嘰咯咯……唔嗚嗚……嗚嗚咯……！」

門楣上的女神臉孔痛苦地扭曲。下一秒，天獄門隨著刺耳的聲響大大敞開！即使遭冥王斷罪劍破壞頭部，身體被破壞之針與冥界瘴氣侵蝕，只剩下撕爛的肉與骨頭，魔王仍舊將化為白骨的手伸向我們！掌心還發出黑色光芒！

「我要和你們同歸於盡！跟世界一起粉碎吧！『暗黑回歸點（Judgement Zero）』……！」

……一切都在一眨眼間發生。

取回女神原有力量的我，不幸地在瞬間感應到魔王使出的招式威力。在魔王掌中的黑色光源，蘊藏著足以把世界破壞兩次的力量。蓋亞布蘭德的所有生物一定還來不及覺得痛，就立刻化為塵土了。沒錯……當然也包括我們。

當魔王要發動最大絕招的那一刻，我突然有個想法。明明是這種時候……不，或許正因為是這種時候，我才會莫名地平靜。

——唉～都這麼努力了，結果還是會被幹掉嗎？這跟我心中描繪的快樂結局差得遠了。不過能跟心愛的人一起消滅，至少算是唯一的救贖吧……

我回過頭去，想在最後把聖哉的面容深深烙印在眼底。

這時……我看到比化為白骨的魔王爬出天獄門更令人震驚的瞬間。

「沒用的，魔王。」

……他毫不鬆懈，也毫不安心！好像早料到事情當然會這樣發展一樣！彷彿領悟到若不這麼做，戰鬥就不會結束！這謹慎到難以想像的勇者已經將左手疊上右手腕，對魔王擺好架式！在魔王使出招式之前，比我大喊「住手」更快！把好不容易救回的性命，如丟進垃圾桶般輕易捨棄！勇者再次發動了最終破壞術式！

「『第二天獄門（Valhalla Gate Another）』……！」

剎那間，一座新的天獄門隨著瘴氣出現在聖哉上方！門楣上是威風凜凜的男神頭像！而在敞開的門內……

「可惡……可惡、可惡、可惡、可惡！」

是已經身陷其中，滿口怨懟的魔王！魔王雖然想放出黑光，但一開始的天獄門也復活了！從背後把魔王連人帶手一起拖進門內！

「呼哈！嘻嘻嘻哈哈哈哈哈哈哈哈哈哈哈哈哈哈哈！」

不僅如此，新天獄門上的男神臉孔大大扭曲，流著血的同時狂笑！跟一開始的天獄門合力把魔王吞進門內的最深處！

在嘈雜的聲響中，第二天獄門闔上！同時，門內側因暗黑回歸點的大爆炸而劇烈膨脹，凸了出來！雖然第二天獄門塌陷變形，不過門沒有打開！

……經過一段時間後，四周恢復寧靜。但我們仍屏氣凝神地盯著新的天獄門。

「結、結束了嗎？這、這次……真、真的結束了嗎？」

馬修低喃說完，一個粗獷的嗓音像在回應般從空中響起。

「嗚嘻哈哈嘻嘻嘻嘻嘻！你大可放心！我把那傢伙跟第一個天獄門一起吞下去了！」

「門、門竟然……說話了！」

艾魯魯渾身發抖，一屁股跌坐在地。

「嗚嘻嘻嘿哈哈哈哈！那傢伙確實遭到破壞，回歸虛空了！」

第二天獄門的男神突然用淌血的雙眼瞪向聖哉。

「那麼，施術者啊，我要你付出代價！就用你的命！」

「我、我才不會讓你這麼做！」

我丟下第二天獄門不管，轉向呆站在原處的聖哉。

「不要緊的，聖哉！我會再救你一次的！」

之前成功了！這次也一定會順利！

為了彌補天獄門的代價，我發動治癒能力……

「……咦？」

但聖哉身上沒出現刀割般的撕裂傷，取而代之的，是臉頰上產生龜裂。

「這、這是怎麼回事……！跟剛才的情況不一樣……？」

我將手放在聖哉龜裂的臉頰上，馬上進行治療。可是聖哉的手、腳，每個地方都陸續產生龜裂。不管我再怎麼治療，龜裂仍不停出現，甚至逐漸擴散至全身。

——竟、竟然趕不上！崩壞的速度比我的再生更快！

第二天獄門嘲笑焦急的我。

「嗚嘻哈哈哈哈嘿嘿嘿哈哈哈哈！區區一個不是神的人類，別想逃過天獄門的代價兩次！」

「吵、吵死了！閉嘴，給我閉嘴！」

——快一點……再快一點……！我要讓再生的速度超過破壞！

我集中意識治療，但龜裂仍無窮無盡地出現，侵蝕聖哉的身體。

我對天獄門的男神吼道：

「什麼嘛！搞什麼！聖哉救了世界耶！幫幫忙啊！」

但男神卑鄙地高聲朗笑。

「嗚嘻哈嘻哈哈哈哈哈哈！我是天獄門！既非神也非惡魔的冥界使者！我會公平且嚴格地執行代價！」

天獄門說完後冒出白色瘴氣……從黑暗空間瞬間消失。

艾魯魯搖晃我的肩。

「莉絲絲！快開異世界之門！只要離開這裡，到連鎖魂破壞陣不會發動的地方……！」

馬修也同意艾魯魯的話。

「沒、沒錯！這樣師父即使死了，也能回到原本的世界啊！」

可是我一步也無法離開聖哉。強大的破壞氣場包覆著聖哉。

「不行……！只要我停止治療一秒，聖哉就會瞬間粉碎……！」

「怎、怎麼這樣……！」

我們陷入焦慮時，只有勇者用跟平常沒兩樣的冷靜表情凝視著艾魯魯，用閒聊般的語氣開口：

「艾魯魯，在戰帝那時，妳幫了很大的忙。」

「聖、聖哉……？」

「如果沒有妳的輔助魔法，當時我可能早就死了。」

「不對……不對……！這是因為聖哉救了我……沒把我變成聖劍……所以我才……！」

聖哉接著看向馬修。

「馬修，現在四天王和魔王都死了，這世界裡應該沒人能贏過你。你從旁協助羅札利，好好守護這個世界吧。」

「師父……我不要……！我明明還沒有機會回報您啊……！」

兩個龍族人壓抑著聲音哭泣，我則對聖哉他們吼道：

「住口！別再說這種話了！聽好了！我會救你的！絕對會救你的！」

我用雙手抱緊聖哉，把所有力量貫注給他，但他的皮膚依然不斷龜裂，從小裂痕匯集成大裂痕，往聖哉的右腳延伸。右腳最後像掉至地面的玻璃製品般裂成碎片，聖哉單膝跪下。

「為什麼？為什麼治不好？為什麼！」

我用淒厲的聲音大喊，聖哉則對我耳語：

「……夠了，莉絲妲。」

「怎麼可能！我不要這樣的結局！不但當時救不了你，連現在當了女神也一樣……！這實在……」

我背後忽然有溫暖的觸感——是聖哉的雙手，他溫柔地抱住我。

「莉絲妲，妳做得很好。」

淚水瞬間溢出雙眼，我用盡全力緊抱住聖哉。

「結果……我什麼都辦不到。即使當上女神，還是完全派不上用場。對不起、對不起，我是個廢柴女神，對不起……」

聖哉目不轉睛地看著我哭泣的臉。

「真不可思議。以前好像在某個地方也發生過一樣的事。」

聖哉的表情忽然一變，並以手指拭去從我臉上滑落的淚水。

「是嗎，妳是……所以我才會……」

聖哉把手放在我臉上，微微一笑。這是我第一次看到聖哉的笑容。

「太好了，這次救到妳了。」

聖哉放開我的臉頰，虛弱地將頭靠上我的胸口。

然後——

過去我還是人類時最愛的人……以及當上女神後的我召喚的謹慎勇者，在我胸前化為碎片，散落一地。

# 終章　罪與罰與另一件事

在帝國城的王之間裡，許多士兵神情肅穆地列隊。女皇羅札利・羅茲加爾多從王座上站起身，走到我面前，露出感傷的表情。

「……妳真的要走了嗎？」

我聽得出羅札利這句話並非社交辭令，而是真的擔心。

「多虧你們打倒了魔王，蓋亞布蘭德才能得救。本來應該要獻上國家以示感謝……」

我輕輕搖頭。

「不必了。再說……討伐魔王的最大功臣已經不在了……」

羅札利聽到我的回答，似乎想說些什麼……

「是啊，說的也是。」

但她把湧上喉頭的話吞回去，連點了幾下頭。之後，她用真摯的眼神看向我。

「請容我說一句，龍宮院聖哉不顧己身安危，也不管他人想法，始終貫徹自己相信的正義。事到如今，我認為他才是真正的勇者。」

我也筆直地注視羅札利的雙眼。

「是啊，而且他採取的每一次行動，都是普通勇者所辦不到的一連串奇蹟。」

我走向站在羅札利身後的馬修與艾魯魯。馬修穿著帝國騎士的盔甲，艾魯魯則身穿如貴族般的美麗衣裳。

羅札利招聘這兩個身為勇者夥伴，拯救了世界的龍族人進入帝國騎士團。馬修念在聖哉的遺言，二話不說就答應了。艾魯魯也決定跟馬修一起留在帝國。

我向馬修伸出手，要求握手。

「馬修，加油喔。」

「莉絲妲……」

馬修握住我的手，用嚴肅的表情說：

「師父拯救的這個世界……我會好好守護的。」

這少年變得十分成熟，跟幾天前簡直天差地別。我用力握緊馬修的手。

「你一定可以的。」

「有我跟著，妳放心～！」

艾魯魯在旁邊「嘿嘿」笑了兩聲。看到馬修一臉尷尬，我跟羅札利都揚起嘴角。

「艾魯魯，妳要幫忙馬修喔。」

「嗯！」艾魯魯精神十足地回應後，立刻換上落寞的神情。

「莉絲絲……妳真的要走了嗎……」
「是啊，我沒辦法待太久。」
艾魯魯突然抱住我。
「艾魯魯？」
「妳還要……再來玩喔。」
艾魯魯仰望著我說：
「我們去泡溫泉吧，好嗎？」
馬修也露出笑容。
「對啊對啊！我們還得去賭場呢！」
我也以微笑回應兩人。
「是啊，得去看看呢。」
「一定要喔，我們約好了喲。」
「嗯，總有一天一定會去。」
我也緊緊擁抱艾魯魯。
「那麼，我走了。」
之後我放開艾魯魯，在王之間裡找一塊空地，詠唱咒語。
當我叫出通往神界的門，要穿過去時……

「……女神莉絲妲黛。」

羅札利突然叫了我的名字。

「妳真堅強呢。我到現在還走不出父親的死。」

「沒那回事。但是……我現在覺得必須好好當個女神……這也是為了聖哉。」

「我也得向妳看齊。身為帝國的統治者，我一定要成為配得上這個大位的人。」

「現在的妳一定沒問題。話說回來，馬修和艾魯魯拜託妳照顧了。別給他們下太亂來的命令喔。」

「嗯，我會銘記在心。」

羅札利對馬修和艾魯魯微笑，兩人也對羅札利回以笑容。我感到很放心，把手放上門。

「向救世的女神敬禮！」

羅札利的聲音從背後響起，士兵們一起發出併攏腳跟的聲音。

我聽著背後的那些聲音，離開了蓋亞布蘭德……

我讓門出現在我位於統一神界的房間。關上門後，我凝視緊閉的門良久，把發生在門另一端的點點滴滴回味一遍，再行了個禮，才讓門消失。

我在床邊坐下，想起馬修和艾魯魯目送我離去時的容顏。

他們兩個的表情都很棒。曾幾何時，他們變得如此堅強可靠了。

聖哉充滿自信的表情忽然掠過眼前。他像平常一樣哼了一聲。

『這也在我的預料之內。』

「聖哉……」

我伸出手想碰觸他時，幻影消逝了。眼前只有一片空蕩蕩的空間，徒增一絲寂寥。

「莉絲妲黛，妳真堅強。」

想到剛才羅札利的話，我用力搖搖頭。

然後我站起身，鎖上房門。

這樣就不會有人闖進來。沒有人在看，所以也用不著顧忌什麼。

……我倒在床上，像個小女孩一樣嚎啕大哭。

我對敲門聲始終充耳不聞，也完全不碰從下方門縫送進來的食物，就這樣過了兩天。

當我又不理會敲門聲時，門突然「喀嚓」一聲打開了。用解除封印的能力打開門鎖的阿麗雅站在門口。

「抱歉，莉絲姐，但伊希絲姐大人在找妳。」

「……嗯，我知道了，我現在就去。」

我從床上慢吞吞地爬起來。阿麗雅看到我的臉後微微一笑。

「哎呀，臉色真糟，頭髮也亂七八糟的。」

她握住沉默不語的我的手。

「莉絲妲，來這裡。」

把我拉到房間角落的梳妝台。

她什麼也沒問，只用梳子幫我梳頭。

「……好，又是美人一個了。」

聽她這麼說，我看向鏡子。倒映在鏡中的，是一個雖然頭髮梳得整齊，但皮膚粗糙，滿臉疲態的女子。

阿麗雅把手放在我肩上，神情有些僵硬。

「莉絲妲，我想伊希絲妲大人等一下一定會針對妳解放女神之力一事究責。」

面對一臉嚴肅的阿麗雅，我平靜地說：

「沒關係，不管什麼處罰我都接受，畢竟這是我的錯。」

我嘴巴上講得很豁達，但心裡並不這麼想。失去了重要的人後，一切都無所謂了。不管是被責備，還是受到嚴懲，甚至被剝奪女神的封號我都不在意。不，不僅如此，如果接受處罰能稍微改變現在的心情，我反而感到感謝。

不過，阿麗雅用充滿決心的表情說：

「放心吧，妳救了難度S的世界蓋亞布蘭德，我絕對不會讓妳受重罰的。」

我跟在阿麗雅身後走著走著，在走廊上碰到軍神雅黛涅拉大人。她依然駝著背，悄悄地靠近我。

「莉、莉絲妲，妳、妳還好嗎？」

「嗯，算是吧。」

我努力保持笑容，但不確定自己笑得是否自然。

「雅黛涅拉大人妳呢？妳也喜歡聖哉不是嗎？」

「不、不，我不重要，我比較擔、擔心妳。我聽、聽說了，妳、妳應該會更、更難過吧？」

我正在煩惱該如何回答時，旁邊傳來粗獷的聲音。

「嗨，莉絲妲！雖然不知道原因，但妳好像很沒精神呢！快吃了這個打起精神來吧！」

劍神賽爾瑟烏斯將裝在盤子上的蛋糕遞給我。

「我改變了一下方向，做了冷製蛋糕喔！冰冰涼涼的，很好吃喔！」

雅黛涅拉大人用帶著黑眼圈的雙眼瞪著賽爾瑟烏斯。

「都這、這、這種時候了，還給她冷、冷的東西……你是笨、笨蛋嗎……」

「咦，怎、怎麼這麼說？」

賽爾瑟烏斯大吃一驚。我覺得對他有點抱歉，因此拿起叉子，試著吃了一口蛋糕。可是我吃不出任何味道。或許這蛋糕其實很美味，只是我的舌頭失去了味覺。

即使這樣，面對期待著感想的賽爾瑟烏斯，我微微一笑。

「嗯，這個『蛋白質蛋糕』很好吃喔。」

「！不，是『冷製蛋糕』啦！裡面沒放高蛋白粉啦！」

「啊，抱歉，是『冷製蛋白質』吧。」

「那只是把蛋白質凍起來吧！我都說不是了！」

雅黛涅拉大人見賽爾瑟烏斯一直嚷嚷，用叉子分毫不差地抵住他的脖子。

「噫、噫噫噫噫噫！」

「你、你住嘴……！這蛋糕有、有放高蛋白粉吧……！」

「是、是、是的～～！這蛋糕裡放了滿滿的高蛋白粉～～～～～！」

雖然我其實吃不出味道……

「如果高蛋白粉放少一點，味道會更好喔。」

不過我還是給了連自己都覺得莫名其妙的建議，然後就跟那兩人分開了。

我跟阿麗雅一起進入伊希絲姐大人的房間。伊希絲姐大人一如往常地坐在椅子上，但表情比平時嚴肅一些。

「莉絲姐，拯救蓋亞布蘭德一事辛苦妳了。看到妳平安歸來，我感到非常高興。不過至深神界無視我的心情，針對打破神之戒律的妳下達命令，要求妳得確實接受懲罰。」

伊希絲妲大人的話語充滿威嚴，但現在的我毫無所感，聽在耳裡也覺得事不關己。

反倒是阿麗雅臉色一變。

「伊希絲妲大人！無論過程如何，莉絲妲還是拯救了難度S的世界蓋亞布蘭德！就算要懲罰她，也請充分考量過這一點再決定！」

沉默片刻後，伊希絲妲大人開口：

「我給莉絲妲的懲罰，是去拯救難度SS的世界『伊克斯佛利亞』。」

「什……！」

阿麗雅啞口無言。

「伊、伊克斯佛利亞是已經被魔王征服的世界！伊克斯佛利亞的魔王在打倒勇者，得到強大的力量後，把世界化為魔界了！即使現在去救那個世界，也已經……！」

阿麗雅僵在原地，但伊希絲妲大人續道：

「除此之外，莉絲妲，在拯救伊克斯佛利亞的期間，妳的女神之力——治癒的特技將受到封印。還有，如果妳救不了伊克斯佛利亞，女神的稱號將永遠遭到剝奪。」

「明明對莉絲妲來說……那世界本來就夠痛苦了……」

阿麗雅看似忍無可忍地用力拍桌。

「太過分了！女神之力遭到封印，連要支援勇者也辦不到！這樣絕對救不了那個可怕的世界啊！」

我第一次看到阿麗雅如此明顯地表現出感情。但伊希絲妲大人氣定神閒地反駁阿麗雅。

「是這樣嗎？我倒覺得不無可能呢。」

「您是根據什麼？像那種化為魔界的世界，究竟有哪個勇者救得了！」

伊希絲妲大人緩緩站起身，從房間的窗戶眺望神界的庭園。

「當第二天獄門吞噬魔王時……也把連鎖魂破壞陣的效力一併吞進去了。」

阿麗雅不懂伊希絲妲大人的真意，開口追問：

「您、您到底在說什麼？」

「一般來說，勇者沒辦法再回到失敗過的世界，不過這次是特例。」

伊希絲妲大人回過頭，從桌上拿起一張文件，走到我面前。

「莉絲妲黛，我准許妳召喚這名單上的勇者，帶他去攻略難度ＳＳ的世界——伊克斯佛利亞。」

接過勇者名單後一看，始終失魂落魄的我瞬間回神。

**龍宮院聖哉**

Ｌｖ：１

ＨＰ：３８５　ＭＰ：１９７

攻擊力：１２４　防禦力：１１１　速度：１０５　魔力：86　成長度：１８８

耐受性：火、冰、風、水、雷、土

特殊技能：火焰魔法（Lv：5）　獲得經驗值增加（Lv：2）……

能力值已經被重置，不到原本的千分之一，但有個地方仍然沒變。

我一看到那裡，眼淚就不斷從眼中落下。

……那是過去的悔恨所賦予的力量。

……那是打倒魔王，拯救過世界的力量。

……那是守護我和同伴到最後的力量。

在能力值的最後一行，是這麼寫著——

性格——謹慎到超乎想像。

〈蓋亞布蘭德篇／完〉

# 後記

感謝各位這次拿起《這個勇者明明超ＴＵＥＥＥ卻過度謹慎》第二集。我是作者土日月，讀法不是「Donichi Getsu」，而是「Tsuchihi Raito」，不過要怎麼唸其實都沒關係。啊……這一段在第一集也提過呢。所以，讀過第一集的讀者們好久不見了。

順帶一提，第一集「剛出版沒多久就再版了」，是個令人非常開心的驚喜。雖然我以前聽過這個詞，但沒想到能親自體驗到，真的真的很感謝購買本書的各位讀者！

那麼，我想解說第二集的概要……不過在那之前……

對於認為「第一集是很有趣，但第二集要不要買呢……」並感到迷惘，同時看到本後記的讀者們，我有些話想先說。

我想，這世上很少有「絕對～！」。即使如此，我還是要說：

「如果您覺得第一集很有趣，那看第二集也絕對會很開心！」

因此我要厚著臉皮，懇請讀過第一集的人「務必接著看第二集！」。如果第一集是硬幣的正面，那第二集就是背面，要兩集都看過，才算真正「讀過《這個勇者明明超ＴＵＥＥＥ卻過度謹慎》這本書」。

第一集出現的伏筆在第二集幾乎都有全部收回，而在第二集後半部也揭露了主角龍宮院聖哉為何如此謹慎的理由。不但敵人變得更凶惡，故事越接近後半部，嚴肅的劇情也越增加。不過相對地，搞笑的橋段也比第一集多。

順帶一提，我在寫這個故事時，始終秉持著一個原則——「要融合歡笑與感動」。我本身就是因為「想看能盡情歡笑，偶爾落淚的故事！」才開始創作的。所以如果各位讀完後覺得「笑得很開心，也許還哭了一下！」，那身為作者的我會萬分感動。

接著，我要針對上一集的後記做個補充。其實除了本書中的「英文」外，朋友也對其他地方提出質疑，所以這次就來談那個部分。根據我朋友的說法是——

「你不覺得就日文來說，書名『俺TUEEEくせに』的文法怪怪的嗎？」

……換句話說，他是覺得要加個「の」，寫成「俺TUEEEのくせに」，或是加個「な」寫成「俺TUEEEなくせに」才對。聽他這麼一說，或許日文的確要寫成那樣比較正確。~~不過這件事根本不重要~~。

不只是標題，書中也常出現讓母語是英文的人一頭霧水，說著「WHY？」的單字。因為我大學時是主修英文，所以老實說，我打從心底覺得這些英文用法非常奇怪。（笑）

不過比起「原本的正確意義」，我寫作時更重視的是「語感」。

比起「俺TUEEEのくせに」，「俺TUEEEくせに」比較簡潔俐落；比起「All set」，還是「Ready perfectly」更能傳達出「做好萬全準備」的意思——這都是作者個人的感覺就是了。

……因此，如果閱讀時發現有地方「咦？好像怪怪的？」時，希望各位能想成是「喔，這也是作者的個性使然吧（翻白眼）」。

在最後，我要想以謝詞替第二集後記做結尾。

首先是とよた瑣織老師。

謝謝您這次也畫了如此美麗的插圖。多虧有とよた老師，讓原本輪廓模糊的角色們有了生命。第二集中我特別喜歡瓦爾丘雷，不但畫得很帥氣，還帶點龐克風，讓我覺得很感動。無論是嚴肅或搞笑場面都畫得恰如其分，能由とよた老師這種專家來擔任插畫，我這個作者真的很幸福。

責任編輯大人。

在第二集封面定稿時，我有想像過會是什麼感覺，但腦中根本沒畫面（笑）。不過我記得看到完成的封面草稿後，覺得「喔，就是這樣！」，完全能接受。把帥氣的聖哉擺在前頭……加上第二集的要角瓦爾丘雷……以及莉絲妲的心情……還有馬修和艾魯魯的搞笑感……感覺像把第二集的內容濃縮起來，放進一張畫裡。得知想出這張構圖的不是別人，正是責任編輯時，我很吃驚。不只是對文章的建議，您出色的品味也給這個故事很大的幫助。

當然最重要的，是購買本書的各位讀者。

光是自己構想的故事能集結成冊就非常幸運了，但我想到這個故事正放在日本某處某個房間的書櫃上的一角時，更是喜出望外。我想只買第二集的讀者大概很少，絕大多數一定都是一二集連續買的。換句話說，自己構思的故事正擺在世界某處某個房間的書櫃上的一角，而且還兩本排在一起。想到這裡時，我的心情超越喜出望外的範疇，高興得非常幸福（以下省略）……總之，真的真的非常感謝大家！

「難度S蓋亞布蘭德篇」在本集完結，而下個故事「難度SS伊克斯佛利亞篇」目前也在網路小說投稿網站「カクヨム」開始連載（註：此為日版狀況）。希望各位能連同書籍版一起給予支持。

那麼，第二集的後記就寫到這裡。最後我要對所有參與本書的相關人士，再次致上誠摯的謝意，並祈求各位過得幸福。

土日　月

# 廢柴以魔王之姿闖蕩異世界 1~5 待續

Kadokawa Fantastic Novels

作者：藍敦　插畫：桂井よしあき

**踏入魔族領地的凱馮等人**
**將與魔王阿卡姆決一死戰！**

凱馮等人為了和蕾斯一起生活下去，去除她心中的憂患，踏入了魔族至上主義的領地，同時分頭採取行動。引發革命、潛入敵陣都是為了擊垮長年折磨蕾斯的元凶——自稱魔王的阿卡姆。凱馮等人的計畫能否順利達成呢？

各 **NT$220/HK$68~75**

# 幻獸調查員 1 待續

Kadokawa Fantastic Novels

作者：綾里惠史　插畫：lack

**少女懷著「人類與幻獸共存」的夢想，**
**與蝙蝠、兔頭紳士一起展開旅程——**

　　襲擊村莊卻不取人性命的飛龍用意為何？老人莫名陷入的貓妖精的審判將如何收場？村莊中獵捕少女的野獸又是何種怪物？擁有獨特的生態與超自然力量的生物——幻獸。國家設立了負責調查幻獸，有時予以驅除的專家機構。這是殘酷又溫柔的幻想幻獸故事。

**NT$200/HK$60**

# 自由人生～異世界萬事通奮鬥記～ 1 待續

Kadokawa Fantastic Novels

作者：気がつけば毛玉　插畫：かにビーム

**等級MAX的懶散店主與妖精女僕的異世界悠閒生活，第一集登場！**

在異世界生活第三年的佐山貴大，是萬事通「自由人生」的懶散店主。真實身分其實是世界最強等級封頂者！生性懶惰卻又無法放下有困難的人不管的貴大，又是懲治惡德官員，又是擊倒傳說級魔物！明明只想低調生活，卻接連吸引性格獨特的女孩們？

**NT$200/HK$65**

勇者無犬子
2
和ヶ原聡司
029
YU-SHA NO SEGARE
Kadokawa Fantastic Novels

# 倖存鍊金術師的城市慢活記 1 待續

Kadokawa Fantastic Novels

作者：のの原兎太　插畫：ox

**鍊金術師少女在全新世界以自己的步調生活下去——**
**溫馨的慢活型奇幻故事，在此揭開序幕！**

安妲爾吉亞王國因「魔森林」的魔物暴動而滅亡。鍊金術師少女——瑪莉艾拉雖逃過一劫，但從假死中甦醒已是兩百年後——映入眼簾的是鍊金術師已經全數滅絕，魔藥成為高級品的世界。她的願望是悠閒且愉快地在這座城市裡靜靜生活下去……

**NT$300/HK$98**

國家圖書館出版品預行編目資料

這個勇者明明超TUEEE卻過度謹慎 / 土日月原作 ;
謝如欣譯. -- 初版. -- 臺北市 : 臺灣角川, 2019.05-
　冊 ;　公分
譯自 : この勇者が俺ＴＵＥＥＥくせに慎重すぎる
ISBN 978-957-564-930-2(第2冊 : 平裝)

861.57　　　　　　　　　　108003883

Kadokawa
Fantastic
Novels

# 這個勇者明明超TUEEE卻過度謹慎 2

（原著名：この勇者が俺ＴＵＥＥＥくせに慎重すぎる 2）

2019年5月22日 初版第1刷發行
2020年2月25日 初版第2刷發行

作　者：土日月
插　畫：とよた瑣織
譯　者：謝如欣

發行人：岩崎剛人
總經理：楊淑媄
資深總監：許嘉鴻
總編輯：蔡佩芬
編　輯：蘇涵
美術設計：莊捷寧
印　務：李明修（主任）、張加恩（主任）、張凱棋

發行所：台灣角川股份有限公司
地　址：105台北市光復北路11巷44號5樓
電　話：（02）2747-2433
傳　真：（02）2747-2558
網　址：http://www.kadokawa.com.tw
劃撥帳戶：台灣角川股份有限公司
劃撥帳號：19487412
法律顧問：有澤法律事務所
製　版：尚騰印刷事業有限公司
ISBN：978-957-564-930-2



---